제주에서
2년만
살고 싶엇습니다

제주에서
2년만
살고 싶었습니다

초판 1쇄 인쇄 2015년 6월 5일
초판 1쇄 발행 2015년 6월 12일

지은이 손명주
펴낸이 한익수
펴낸곳 도서출판 큰나무
등록 1993년 11월 30일 (제5-396호)
주소 410-817 경기도 고양시 일산동구 호수로430번길 13-4
전화 031-903-1845
팩스 031-903-1854
이메일 btreepub@naver.com
블로그 blog.naver.com/btreepub

값 12,800원
ISBN 978-89-7891-293-8 (03810)

이 도서의 국립중앙도서관 출판예정도서목록(CIP)은 서지정보유통지원시스템 홈페이지
(http://seoji.nl.go.kr)와 국가자료공동목록시스템(http://www.nl.go.kr/kolisnet)에서 이용하
실 수 있습니다. (CIP제어번호 : CIP2015015296)

도시를 떠나기 싫다는 아내를 설득했다.
"제주에서 이 년만 살아보고 아니다 싶으면 우리 돌아가자."

제주에서
2년만
살고 싶엇습니다

손명주 지음

 큰나무

읍내에서 집까지는 차로 10분 거리.

하지만 나는 먼 거리를 돌아 해안도로를 달린다.

하늘과 바다, 해녀의 물질, 혼자 혹은 무리지어 걷고 있는 올레꾼,

검은 화산석 위에 옹기종기 모인 가마우지 떼.

평온이란 익숙한 것들이 지겹지 않게 느껴지는 것이다.

지금 이 순간처럼!

우리 부부는 제주 동쪽의 어느 시골 마을에 살고 있다. 주변에는 인가와 당

근밭뿐이다. 변변한 슈퍼마켓도 없어서 장을 보려면 차를 타고 읍내로 가야 한다. 그리고 다시 집으로 올 때는 항상 먼 거리를 돌아 해안도로를 달린다. 연료비를 아까워하지 않고 먼 길을 돌아서 오는 건 그 길을 달릴 때 우리의 마음이 아주 평온해지기 때문이다.

한때 도시는 나에게 선망의 대상이었다. 나고 자란 시골은 궁핍하고 답답했다. 지긋지긋했고, 하루빨리 벗어나고 싶었다. 그래서 내 성장기의 끝 모습은 당연히 도시를 향해 있었다.

연초가 되면 여느 시골 마을의 입구에 하나씩은 붙어 있던 "축! OOO의 장남 OO군 서울대학교 합격" 같은 현수막의 주인공은 절대 될 수 없었기에 나는 언제 이 시골을 벗어날 수 있을지 막막했다.

결국은 대학을 졸업하고, 지역사회의 발전에 일조할 만한 인재가 아니었던 나는 밥벌이를 위해서 고향을 떠나 서울로 향할 수 있었다.

두 평 남짓의 창문 없는 고시원에서 대흥동 주택가의 반지하 방으로, 봉천동 언덕배기의 원룸으로 옮겨 다니던 궁색한 도시 생활에서 유일한 위로는 지긋지긋한 시골을 벗어났다는 것이었다.

도시는 금세 지겨워졌다. 회사의 팀장이나 이사, 상무는 결코 내가 바라는 미래의 모습이 아니었다. 그들은 하나같이 성실했고, 회사에서 꼭 필요로 하는 인재였다. 집에서는 좋은 아버지, 좋은 남편, 착실한 가장으로서의 의무에도 충실했을 것이다.

하지만 그들처럼 평범한 도시인으로 살아가기 위해서는 많은 것을 버려야 하는 것이 도시의 삶 같아 보였다. 성장보다는 생존이 우선과제였고, 인간관계는 각박했고, 나는 없고 회사만 존재하는 삶의 불균형은 분명 뭔가 잘못된 것 같았다.

'결국에 나는 아무것도 아닌 인생이었구나!'를 깨닫게 될지도 모를 그 도시를 벗어나고 싶었지만, 시골이 싫어서 떠나온 내가 이제는 어디로 가야 할지 몰랐다. '둥글게 둥글게' 게임에서 내 짝을 찾지 못해서 어쩔 줄 몰라 하고 있는 아이 같이 혼란스러웠다.

고향으로 돌아가고 싶지는 않아서 선택한 제주에서의 삶.

미뤄두었던 글을 쓰자고 마음먹었을 때, 제주 정착기나 창업기가 되지나 않을까 우려했다. 나는 보통 사람의 보통 이야기를 쓰고 싶었고, 그것은 어디에서나 삶에 대한 고민과 상처가 반복되는 우리들의 이야기였다.

이 책은 제주 게스트하우스 창업기도, 제주 정착기도 아니며 친절한 여행 안내서는 더더욱 아니다. 많은 사람들의 제주로망에 찬물을 끼얹는 건 아닐까 걱정도 되지만, 환상제주를 설파하느라 위선과 가식을 떨고 싶지는 않다. 자연의 품이라고 해서 안 먹어도 배부를 리 없고, 못 벌어도 쪼들리지 않을 리 없다. 그리고 가장의 경제적 무능력이 합리화될 수는 더더욱 없는 것이다.

차 례

PART TWO

결국, 사람사는 곳

PART THREE
상처받지 않을 용기

제주에서의 삶은
그렇게 내게로 다가왔다.

우리는 계약을 망설였다. 집 안에 온갖 쓰레기가 나뒹굴어도 서류

는 깨끗하잖아! 너무 낡아서 수리비가 엄청날 것 같아도 서류는 깨

끗하잖아! 위치가 이래서 장사가 될까 싶어도 서류는 깨끗하잖아!

PART ONE

제주에 살다

여기는 제주

바람 잦을 날 없는 동쪽 마을

오후 네 시. 어김없이 자동으로 눈이 떠지는 시간.

자명종의 강제 기상신호 없이도 원하는 시간에 눈을 뜰 수 있는 초능력이 생겼다. 아무나 가질 수 없는 초능력을 가진 건 기쁘다만 짧게 끝나고 마는 낮 잠은 늘 아쉽다.

잠 중에서 단연코 가장 달콤한 잠. 춥거나 더워서, 목이 말라서 가끔 깨는 새벽잠과는 깊이의 차원이 다른 것이 바로 낮잠이다. 그래서 정해진 시간에 자동으로 눈을 뜨고도 한참이나 자리를 박차고 일어나지 못한다.

아, 잠들기 전에 돌려놓은 세탁기가 이미 멈췄을 시간이다. 탈수까지 끝났을 저 빨래를 빨리 꺼내서 햇볕에 널지 않으면 냄새가 날 텐데!

빨래 널어야 되는데!
빨래 널어야 되는데!
빨래 널어야 되는데!

한참을 뭉그적거리다 마당으로 나간다. 마당 한편에 세워둔 빨래 건조대가 넘어가 있다. 이놈의 바람은 시도 때도 없고 장소도 불문하고 방향도 오락가락이다. 일으켜 세운 빨래 건조대의 다리에 돌을 올려서 누르고, 세탁기에서 수십 장의 수건을 꺼내오고, 단단히 서 있는 빨래 건조대에 그것들을 넌다. 그 시도 때도 없고 장소도 불문하고 방향도 오락가락인 바람에 날아가지 않도록 한 장, 한 장 빨래집게를 물린다. 이사를 오고 지금까지 부러지고 녹슬고 삭아서 버린 빨래집게만 수십 개다. 햇볕 내리쬐는 마당에 빨래를 넌다는 건 일 년에 수십 개의 빨래집게를 사야 하는 것이다.

여기는 제주도. 바람 잦을 날 없는 동쪽 마을의 조그만 게스트하우스. 매일 손님이 오고 가는 게스트하우스 주인으로 산다는 건 정오마다 수십 장의 수건을 세탁해야 한다는 것이다. 그리고 오후 네 시면 어김없이 햇볕 강한 마당에다 그것들을 넣어야 한다는 것이다.

제주 이주 열풍에 동참했다

이혼의 조건

2012년, 제주 이주 열풍이 한창이었다. 그때 우리도 도시인들의 탈도시 시류에 편승해 제주로 이주를 했다.

제주로 이사를 준비할 때, 이 섬을 향해 길게 뻗은 이주 대열에서 우리가 끝물이라 생각했다. 뒤늦게 합류한 그 대열의 끝에 서 있는 우리를 마지막으로 제주 이주 열풍은 곧 차갑게 식을 거라고 생각했던 것이다. 하지만 그것은 우리의 착각이었다. 그 열기는 여전히, 아니 그전보다 지금이 더 뜨거워진 것 같다. 겉으로는 단순해 보이는 귀촌이라는 현상이 이렇게나 오래도록 지속되는 걸 보면 이 사회는 지금 속 깊은 어떤 사정들이 복잡하게 얽혀 있나 보다.

이 시골 마을을 포함해 제주 전역을 달궜던 부동산 과열은 아직도 식지 않고 있다. 카페, 음식점, 숙박시설이 하루가 다르게 생겨나고 있는 제주를 바라보면 도시의 삶을 벗어던지고 싶어 하는 사람들이 얼마나 많은지 알 것 같다.

제주로 이주한 도시인들은 이 사회에서는 인내에 대한 보상이 없다는 걸 눈치채 버린 걸까. 아무리 열심히 살아도 도통 행복에 가까워지지 않는 불변의 거리감이 그것을 가르쳐주었을 것이다. 혹독한 시련 뒤에는 반드시 행복해질 수 있다고 하는 가진자들의 말이 얼마나 위선적이었는지를 우리는 좀 더 일찍 알았어야 했다.

휴일 없는 야근에 지쳐 녹초가 되어 살아가면서도 가족의 생계와 행복을 위해 성실하게 회사에 다녀야 한다는 무언의 압박, 견뎌내지 못하면 패배자가 되고 만다는 두려움을 안고 살아가는 대부분의 직장인들 속에 나도 포함되어 있었다. 그런 현실을 잘 알기에 이 땅의 고용주들은 우리는 한 가족이라는 달콤한 사탕발림으로 직원들에 대한 혹사를 멈추지 않을 것이다.

행복은 항상 곁에 있어야 하는 것이다. 그게 곧 삶이 추구해야 할 근본적 가치다. 삶이란 과정이지 결과가 아니기 때문이다. 그걸 감추고 지금까지 우리 젊은이들의 꿈과 열정을 기만한 기득권 기성세대들에게 헤드록을 걸어 버리고 싶다. 미래의 행복을 위해서 현재의 행복은 잠시 접어두어야 한다지만 엔간히 부려먹어야지, 도가 지나치다.

이 나라의 기반은 재벌이다. 재벌의 기반은 이 나라 일천오백만 직장인이다. 대출 없이는 자기 이름의 집조차도 가질 수 없는 우리들의 현실은 어쩌면 직장인들의 사회 이탈을 막기 위해 기업과 국가가 결탁해 만든 음모와 개략일지도 모른다. 양극화, 88만 원 세대, 조기 명예퇴직, 임금 체불, 최저임금, 비정규직…… 무엇 하나 대기업이 장악하고 있는 경제 체제가 만들어낸 사회적 모순의 결과물이 아닌 게 있나?

　나에게 도시는 올가미였다.

　이동과 거주의 자유는 보장되어 있지만, 벗어나면 생계를 위협받아야 하는 올가미. 하지만 모든 것이 수도권에 집중된 기형적인 나라에 살고 있다는 이유로 그 포화 속에 갇혀 살아간다면 내 인생 아주 후져질 것 같았다. 나의 제주행 결심은 도시가 옭아맨 이동과 거주의 자유를 누리겠다는 강한 의지의 표현이기도 했다. 나 같은 서민에게 있어 중대한 모든 결정은 생계가 우선될 수밖에 없지만 그런 것 따위 연연하지 않겠다는 철없는 허세도 한몫했다.

　하지만 내 결심 앞에는 높고 두꺼운 벽이 있었다. 천상 도시녀, 제주에선 절대로 살고 싶어 하지 않을 아내 워니를 설득하는 것이었다. 제주에서 살아보는 건 어떠냐는 나의 제안은 성과 없는 장기간의 설득이 되었다. 그러다 점점 신경질적인 강요로 변질되다가 급기야 다툼과 갈등의 단계로 이어졌다. 인생에서 생각해본 적 없는 제주행을 한사코 반대한 워니는 함께 제주에 가서 살자는 내 제안, 설득, 회유, 협박에 어떤 심경 변화의 조짐도 없었다.

　그러다 우리는 각자 이혼을 생각했다.

'이혼하고 혼자 도시를 떠나야 하나?'라고 생각하며 나는 절망했다.

'이혼하고 혼자 도시에서 살아야 하나?'라고 생각하며 워니는 슬퍼했다.

서로의 자유를 억압하는, 결혼이라는 불편부당한 제도에 몸을 던진 과거의 잘못된 선택을 되돌리기에는 이혼 만한 게 없다. 하지만 우리의 결혼은 어떤 억압과 속박으로부터 서로에게 자유로운, 결코 잘못되지 않은 선택이었다.

이전보다 이후가 더 행복하다는 보장이 있어야만 감행해야 하는 게 이혼일 것이다. 변함없이 사랑하고 있는, 이혼하면 둘 다 불행해질 게 뻔한 우리는 이혼의 조건이 성립되지 않았다.

그러나 내 안의 모든 걸 말살시켜 버릴 것만 같은 도시에서 지키는 가정의 평화는 속에서 썩어가는 음식을 감싼 포장지 같았다. 아무리 말끔한 모양을 하고 있어도 속의 음식이 썩으면 함께 폐기 처분되어야 하는 게 포장지의 운명인 것이다. 당장의 평화를 위해 나의 내면이 무엇으로도 채워지지 않고 말라 비틀어지도록 둘 순 없었다.

고심 끝에 마지막 타협안을 내놓았다. 제발 나랑 같이 제주에서 이 년만 살아봐 주면 안 되겠냐는 것이었다. 타협이라기보다 애원이었다. 제주에서 딱 이 년만 살아보고 그때도 제주가 싫으면 다시 도시로 돌아올 것을 약속했다.

서로가 원하는 게 이혼은 결코 아니었기에 결국 워니가 손들어줬지만, 서로 한때나마 이혼을 고심했다는 사실만으로 우리의 결혼 생활에 지울 수 없는 상처가 한 줄 생긴 셈이다.

어쩔 수 없이 제주행에 동의한 워니는 남들 다 하는 직장 생활은 왜 못하겠다는 건지, 이 편한 도시를 왜 떠나려는지, 그놈의 시골에서는 왜 살고 싶어 안달인지 떼쓰는 남편이 하도 지질해 보여서 도저히 봐줄 수가 없었단다. 도시에서 태어나 삶의 터전을 한 번도 벗어난 적 없는 워니는 지질한 남편을 차마 버리지 못하고 결국 그렇게 비련의 시골 여자가 될 준비를 했다.

사표

복수는 나의 것

부모님은 나의 직장을 자랑스러워하셨다. 농사를 지으시는 부모님에게 나는 고단한 육체노동의 가업을 끊은 직계존속 최초의 먹물이었으며, 내 자식은 농사를 짓게 하지 않겠다는 일생의 포부를 이뤄드린 아들이었다. 비록 남들 눈에는 평범할지라도, 흙먼지 날리지 않는 나의 직장과 기름때 묻히며 일하지 않는 나의 직업을 부모님께서는 분명 자랑스러워하셨다.

부모님은 내가 평생 도시에서 살기를 바랐다. 나 역시 언젠가 고향으로 돌아가서 살 생각은 추호도 없었다. 그런 아들이 어느 날 갑자기 도시를 떠난다고 선언했으니 부모님은 큰 충격을 받으셨다. 그리고 도시를 떠나서 향하는 곳이 고향이 아니라 제주도라는 사실에 두 번째 충격을 받으셨다. 생뚱맞고 뜬금없는 아들의 제주행에 반대를 해야 할지, 응원과 지지를 보내야 할지 몰랐던 부모님은 걱정으로 일관하셨다.

직장 동료들의 눈을 피해 모니터에 띄워 놓은 사직서는 이름과 사유와 날짜만 기입하면 되는 간단한 문서지만 며칠째 멍하니 바라보기만 했다. 직장인이 사직서에 이름을 적을 때만큼 많은 생각이 교차하는 순간이 있을까. 떠나려는 자의 마음은 복잡했다. 동료들에 대한 미안함, 이제야 탈출하게 되었다는 안도감, 월급의 울타리 밖에서 살아갈 날들에 대한 두려움이 얽히고설켰다. 마치 결혼식을 하루 앞둔 남자의 복잡 미묘한 심경처럼, 한번 떠나면 다시 돌아올 수 없을 직장을 두고 머뭇거리고 있었다.

하지만 싱숭생숭한 마음으로 밤을 지새워도 다음 날이면 결혼식장으로 걸어 들어가는 것 말고는 다른 선택을 할 수 없는 남자처럼, 나 역시 제주도 이주를 위해 사직서를 제출해야 했다.

오늘도 결재권자의 사인을 기다리고 있을 대한민국의 수많은 사표들. 누군가에게는 꿈을 향한 새로운 도전일지도 모른다. 또, 다른 누군가에게는 명예퇴직의 이름을 빌린 퇴출이라는 쓰디쓴 독약일지도 모른다. 그리고 '개인 사정'으로 치부되는 수많은 사정들.

각자의 사표마다 직장을 떠날 수밖에 없는 이유는 제각각이지만, 그 문서의 사유란에는 하나같이 '개인 사정'이라고 기입되어 있을 것이다. 격무에 시달리다 건강을 잃은 것을, 가족과 보낼 시간이 없는 것을, 인간의 힘으로 버티기에는 스트레스의 강도가 너무 센 것을, 딱 먹고살 만큼만 주는 월급이 너무 적은 것을 이 사회는 '개인 사정'이라고 한다. 빠르게 돌아가는 사회에 적응을 하지 못한 내가 이 도시를 떠나려는 것 역시 순전히 개인 사정인 것이다.

사회는 모든 일을 능력이 부족하고 나약한 개인의 탓으로 돌릴 뿐, 구성원의 불행에 어떤 책임도 지지 않는다.

사표란 자고로 '과감히'라는 수사가 붙어야 멋진 것이다. 모든 직장인이 꿈꾸는 사표가 그렇지 않을까. 과감히 미련 없이 던지는 사표. 대부분의 직장인들이 힘든 시간을 버티고 있는 것도 어쩌면 그동안 몸담았던 회사를 미련 없이 홀가분하게 떠나게 되는 그날을 위해서일지 모른다.

평소에 나는 과감하게 사표를 던지는 날에 대한 갖가지 구상을 해왔다. 그중 하나를 말하자면 이런 것이다. 한 톨의 미련도 없다는 무덤덤한 표정으로 사표를 제출하고, 그간 우리 사무실에 상주까지 해가며 갑질 하던 고객사 사람들의 면전에다 내 가운데 손가락을 쑥 내밀어 줌과 동시에, 왼쪽 입꼬리를 살짝 올려 비아냥거림 가득한 미소를 던진 후에 사무실 문을 박차고 나가는 그런 것이었다.

평소에 갑질 하던 그 사람들의 귀싸대기라도 한 대 때려주고 나가기를 바랐지만, 선배 퇴사자들은 우리들의 복수를 대신해 주지 않았다. 하나같이 사내

메일로 '앞으로 하시는 일 잘되길 바란다'는 상투적인 메일을 남기고 떠났으니, 복수는 오로지 나만의 것일 수밖에 없었다.

상상만 해도 짜릿한 복수의 장면은 영화에서나 가능한 것일까. 망설임 끝에 사표를 제출한 나는 사표 철회를 회유하는 팀장님에게 죄송하다는 말만 거듭했다. 몇 시간 후, 또다시 사표 철회를 회유하는 상무님께 내 뜻의 완강함을 표현하느라 애를 먹었다. 그리고 결코 '과감'하지 않았던 사표를 끝내 철회하지 않은 나는 동료들의 축하를 받으며 회사를 떠났다. 사내 메일로 지극히 상투적인 작별인사를 남기고.

"건승하시길 바라며, 훗날 좋은 인연으로 만나 뵙길 바랍니다."

제주에 집이 생겼다

눈물겨웠던 집 구하기

눈앞에 펼쳐진 당근밭은 멀리서 불어온 바람에 출렁이며 파도처럼 춤을 추었다. 걷잡을 수 없는 제주의 바람은 하루에도 몇 번씩 방향을 바꿔가며 때론 성난 바다처럼, 때론 고요하고 잔잔한 바다처럼 당근잎을 흔들어댔다.

마당에서 바라보이는 풍경이라곤 온통 당근밭뿐인 이 마을은 주민들 대부분이 당근 농사와 물질로 살아가고 있는 조용한 곳이다. 그곳에 여행자의 숙소가 될 거라며 흔한 바다도 보이지 않는 불친절한 집이 마을 입구에 고즈넉이 자리 잡고 있다.

바로 여기가 앞으로 살아갈 제주의 우리 집이다.

집은 아주 심하게 낡아 어디서부터 손을 봐야 할지 통 엄두가 나지 않았다. 한창 공부 중인 복잡하고 생경한 건축 용어들을 떠올리며 머릿속으로 이런저런 그림을 그리느라 매일 마당에서 시간을 보냈다.

집 앞을 오가는 마을 어르신들과도 인사를 나누었다. 그런데 나로선 꽤 오랫동안 얼굴을 봐 왔다고 생각했는데, 그분들은 낯선 외지인에 대한 경계를 쉽게 풀지 않는 것 같았다. 그러다 몇 마디 나누게 된 어르신이 한두 분 생겼는데, 대화는 늘 "이 집이 말이여, 내 어릴 적에……"로 시작되었다. 알고 보니, 대부분이 일가친척으로 이루어진 이 마을의 어르신들은 자신들의 추억이 어린 옛 집이 듣도 보도 못한 외지인의 소유가 된 것이 내심 서운했던 모양이었다.

나는 낡은 집을 수리할 생각만 하느라 낯선 외지인을 경계할 게 뻔한 마을 어르신들에게 인사부터 드려야 함을 잊고 있었던 것이다.

양손 가득 음료수병을 들고 찾아간 리(里)사무소에는 마을 어르신들이 모여 계셨다. 삼삼오오 장기나 바둑을 두거나 밀크커피를 마시고 있는 풍경은 약간의 무료함이 가미된 한가하고도 여유로운 시간으로 보였다.

농한기의 무료한 낮 시간을 보내려 주민들이 모여든 리사무소는 파마약 냄새 가득한 도시의 동네 미용실과는 사뭇 다른 분위기였다.

마을 어르신들께 인사를 드리고 으레 있을 거라 예상했던 호구조사에 충실히 임했다. 외지인이라곤 볼 수 없는 조용한 시골 마을에 살러 온 육지것에게 궁금한 것이 참으로 많으셨을 것이다.

어디서 왔느냐, 뭐 해먹고 살거냐, 애는 몇이냐 등의 흔한 질문이야 충분히 예상했다. 물론 모범답안도 준비되어 있었다. 하지만 전혀 예상하지 못했던 마지막 질문에는 어떻게 대답해야 할지 몰랐다. 도대체 집을 얼마에 샀느냐는 것이었다.

"그건 말씀드리기가……."

말끝을 흐렸지만 어르신들은, 지금 우리의 무료함을 달래기 위해서는 너의 솔직한 답변이 필요하다는 간절한 눈빛을 보내고 있었다.

나는 소심하게 "저…… 오천만 원……."이라며 또 말끝을 흐렸다.

"뭐? 오천만 원?"

다소 과하게 어이없어 하는 어르신들의 눈빛은 나를 낡아빠진 집을 오천만 원이나 주고 산 개념 없고 정신 나간 육지것이라고 하고 있었다.

'아니, 제주 집값이 얼마나 올랐는데!'

속으로 발끈했지만, 나는 제주 물정을 통 모르시는 제주 어르신들에게 어떤 항변도 하지 못하고 그렇게 '개념 없고 정신 나간 육지것'이 되어 리사무소를 빠져나왔다. 동네방네 소문 다 났을 것이다.

억울하고 불쾌했다. 우리가 이 낡아 빠진 집을 구하기까지의 과정이 얼마나 눈물겨웠는지 마을 어르신들이 무슨 수로 안단 말인가.

사표를 쓰고 나니 가장 풍족해진 건 시간이었다. 하지만 선물과도 같은 그 시간은 결코 오래 지속되지 않을 것임을 알기에, 머릿속은 도돌이표처럼 현실적인 생각으로 돌아왔다.

계획은 있었다. 제주에서 조그만 농가주택을 사서 게스트하우스를 운영할 생각이었다. 지금 살고 있는 아파트의 전세금을 빼서 제주의 농가주택을 매입해서 수리를 하고, 그러는 동안의 생활비까지 감안한 자금계획도 가지고 있었다.

당시 제주는 우리처럼 이주를 원하는 사람들이 부쩍 늘어난 탓에 부동산 가격이 요동치고 있었다. 제주에 집을 구하려면 서둘러야 했다. 빠르게만 돌아가는 세상이 싫어서 선택한 제주로의 이주를 위해서 또 빠르게 움직여야 하는 이 아이러니는, 세상은 개인이 속도를 조절하며 살아가기가 불가능할 만큼 이미 모든 게 빨라져 버렸다는 것을 증명하는 것만 같았다.

우리는 일주일에 한 번씩, 3~4일의 일정으로 제주에 가서 집을 구하러 돌아다녔다. 항간에는 이런 소문도 있었다. 제주에서 농가주택을 구하려면 마을 이장님을 찾아가라고. 세상에서 소심하기가 둘째가라면 서러울 우리로서는 무턱대고 모르는 사람을 찾아가는 일은 상상할 수 없었다. 국가공인 자격증을 취득한, 국가가 공인해서 전문성을 부여한 부동산 공인중개사를 찾아갈 수밖에 없었다.

처음 찾아간 부동산 사무실에서 몇 개의 매물을 소개받았다. 가장 먼저 보게 된 집은 안채와 바깥채, 창고가 디귿자 모양으로 서 있는 농가주택이었다. 상태도 아주 좋은, 두말할 나위 없이 우리가 원하던 이상적인 집이었다.

워니와 나는 당장이라도 계약할 듯 적극적으로 나섰다. 그러나 잔뜩 상기되었던 우리의 표정은 집값을 들은 직후 딱딱하게 굳어져 버렸다. 1억이란다. 우리의 예산은 오천만 원이었다. 우리는 실망했지만, 처음치고는 꽤 괜찮은 집을 둘러본 것만으로 희망적이라 생각했다.

두 번째 집도 나쁘지 않았다. 첫 번째 집보다 약간 낡았으니 아마도 가격이 좀 더 낮을 것이었다. 가격만 적당하다면 계약을 하고 싶다고 생각했다. 하지만 그 집 역시 우리의 예산을 넘었다. 이번엔 팔천만 원.

세 번째 집. 이번에는 약간 나빴다. 많이 낡았고 작은 집이었다. 아쉽지만 이 정도도 뭐 괜찮다고 생각했다. 하지만 이번에도 가격은 우리의 예산을 넘었다. 칠천만 원. 우리보고 어쩌란 말인가.

우리는 예상보다 비싼 집값에 풀이 죽었다. 그런 우리를 안쓰럽게 바라보던 부동산 중개인은 큰맘 먹었다는 듯 비장하게 마지막으로 집이 하나 더 있다고 했다. 가격은 우리의 예산에 딱 맞으며, 게스트하우스를 열기에 위치가 아주 훌륭하고, 경치 또한 일품이라고 했다. 그의 표정이 숨겨진 보물을 공개하려는 듯 비장한 것으로 보아 아마도 VIP를 위해 남겨둔 특별 매물이리라 생각했다.

정남향의 그 집은 마당에 햇살이 내리고 있었다. 정면으로 바다가 보였고, 뒤로는 광활한 마늘밭이 펼쳐져 있었다. 토지 면적과 건물 크기도 적당했다. 거기다 가격 또한 예산에 딱 맞았으니 가히 VIP를 위한 특별 매물인 것 같았다.

우리는 그 집에 마음을 빼앗겼다. 당장 내일이라도 집을 계약하겠다는 사람이 있다는 중개인의 말을 듣고는 오늘 우리가 먼저 계약할 것을 마음먹었다.

힘들거라고 생각했던 집 구하기의 여정이 허무하도록 싱겁게 끝나는 듯했다. 무턱대고 마을 이장님을 찾아가지 않고 공인중개사를 찾은 건 참으로 올바른 선택이었다. 오늘의 거래를 주도한 그 공인중개사는 예산이 턱없이 부족한 고객을 무시하지 않고 여러 집들을 소개해 준 친절한 공인중개사였으며, 그 매물들 앞에서 절망하는 우리를 측은하게 생각할 줄도 아는 인간적인 공인중개사였으며, VIP를 위해 특별 매물까지 보유하고 있을 정도로 전문성 있는 공인중개사였다.

오후에 계약하기로 중개인과 약속을 정하고, 근처 카페로 갔다. 그 집에 관련된 서류들을 훑어볼 요량이었다. 우리는 들뜬 마음으로 인터넷에서 그 집의 등기부등본과 건축물대장, 토지대장, 지적도 등을 살펴보았다. 으레 거쳐야 할 절차일 뿐, 예정되어 있는 계약에 영향을 미칠 만한 일은 아니었다.

그런데 이게 웬일인가. 그 집은 건축물대장이 존재하지 않는 무허가 주택이었다. 그뿐만 아니라 토지의 형질도 '대지'가 아니라 '전'으로 되어 있었다. 머릿속이 하얘졌다. 인간적이라고 생각하고 고마워했던 중개인에게 심한 배신감을 느꼈다. 자칫했으면 무허가 건물을 살 뻔했다는 사실에 간담이 써늘해 졌다. 그리고 오늘 소개받았던 매물들의 가격을 떠올리며 앞으로 펼쳐질 집 구하기의 여정이 아주 힘들어질 것임을 예상했다.

다음 날, 두 번째로 약속되어 있던 부동산 사무실을 찾아갔다. 어제와 비슷한 순서로 매물을 보러 다녔다. 그 중개인은 좀 비싸지만 상태가 좋은 집부터 차근차근 보여주었고, 우리의 마음도 차근차근 무거워져 갔다. 그리고 그 역시 VIP를 위해 남겨 놓았다는 듯 마지막 남은 매물을 소개해 주었다.

정남향의 그 집 마당에는 따스한 햇살이 내리고 있었고, 정면으로는 바다가 보였고, 뒤로는 광활한 마늘밭이 펼쳐져 있었고, 토지의 면적과 건물의 크기도 적당했고, 거기다가 가격 또한 우리의 예산에 딱 맞았던 어제의 그 집이었다.

그야말로 우리는 부동산 중개인들에게 있어 '사기 처먹기 딱 좋은 것들'이라고 이마에 써 붙이고 다니는 순진한 육지것들이었다.

그 후에도 우리는 제주 전역을 누비고 다녔다. 그리고 늘 마지막에는 "정남향의 따스한 햇살이 내리고 있는……" 그런 종류의 집을 소개받았다. 제주 동서남북 어디를 가나 "정남향의 따스한 햇살이 내리고 있는……" 그런 문제의 매물이 꼭 한두 개는 있었다. 그리고 이마에 새겨진 '사기 처먹기 딱 좋은 것들'이라는 인상을 지우는 방법을 우리는 여전히 알지 못했다.

집을 구하기 위해 제주를 몇 번 더 내려왔지만 매번 같은 일이 반복되었다. 맘에 드는 집이 있어서 계약을 하려고 알아보면 무허가 건물에 토지의 형질도 전으로 되어 있어 건축물 등록이 되지 않는 문제 매물이었다. 토지와 건물의 주인이 달라 추후에 소유권 이전이 제대로 되지 않는 매물도 있었고, 지적도상으로 도로가 접해 있지 않은 맹지도 있었다. 그 모든 건 시장에서 거래해서는 안 되는 일종의 불량품이었지만 중개인들은 그 사실을 결코 말해주지 않았다. 그런 매물을 얼렁뚱땅 떠넘기기에는 우리 같은 사람들이 제격인 것이었다.

부동산 공인중개사가 정당하고 합리적인 거래를 보장할 것이라 믿었던 우리는 잠시라도 긴장을 늦추면 언제 어떻게 사기를 당하게 될지 모르는 아슬아슬한 외줄타기를 하고 있었다.

워니는 포기하고 돌아가자고 했다. 바바리맨의 속살을 적나라하게 목격했던 여고 때 이후로 이런 어둠의 세계를 처음 경험한 그녀는 세상이 한없이 무섭게 느껴졌단다. 자칫 힘들게 모은 재산을 말아먹게 될까 봐 제주가 무섭다고 했다.

일정이 며칠 더 남아 있었지만 우리는 공항으로 갈 준비를 했다. 이대로 돌아가면 제주 이주의 바람은 접어야 할지도 몰랐지만 나는 워니에게 좀 더 힘을 내자고 말하지 못했다.

제주와 그렇게 멀어지는 것이 못내 아쉬웠던 나는 돌아가는 길에 부동산 사무실을 한 군데만 더 둘러보자고 했다. 워니는 만사가 귀찮다는 듯이 알아서 하라는 냉소 가득한 표정만 지었다. 그렇게 희망 없이 운전대를 잡고 달리다가 나는 어느 한적한 도로가의 부동산 사무실 앞에 무작정 차를 세웠다.

워니는 그냥 차에 있겠다고 했다. 나 혼자 들어갔다. 내게 남은 마지막 기회였지만 별 기대는 없었다.

"저 농가주택을 알아보고 있는데요."

"농가주택? 하나 있지. 오천만 원짜리."

네? 1억이 아니고요? 그다음은 팔천만 원, 그다음은 칠천만 원이었다가 마지막에 보여줘야 하는 게 오천만 원짜리 집이잖아요. 여보세요. 이런 시골에서 부동산을 해서 잘 모르시나 본데 장사 그렇게 하는 거 아니에요.

정남향의 그 집의 마당에는 따스한 햇살이 내리고 있었다. 정면으로는 당근 밭이 펼쳐져 있었고, 마당 한편에는 용도 모를 컨테이너가 서 있었고, 온갖 쓰

레기가 나뒹굴고 있었다.

믿기지 않겠지만, 그것이 우리 집과의 첫 만남이었다. 수리를 해서 안채는 게스트하우스, 바깥채는 우리의 살림집, 축사는 카페를 할 수 있는 그런 집이었다. 또 믿기지 않겠지만, 그 중개인은 지금까지 만났던 사람들과는 거리가 먼 정직한 분으로, 이 매물이 문제가 없음을 증명하는 서류들을 보여주며 일일이 설명까지 해주었다.

이 믿기지 않는 상황을 나는 도저히 믿을 수가 없어서, 그분들이 보여준 서류들을 믿지 않았다. 내 손으로 직접 등기부등본과 건축물대장, 토지대장, 지적도를 발급받아 확인하고서야 아무 문제가 없는 이 믿기지 않는 집을, 오천만 원이라는 믿기지 않는 가격을 진짜로 믿게 되었다.

그러고도 우리는 계약을 망설였다. 집이 많이 낡아 있었고, 면적도 그리 넓지 않았기 때문이다. 고민은 깊었지만 일주일 뒤에 결국 계약을 했다. 이유는 단 하나. 순전히 서류상으로 아무 문제없는 깨끗한 집이었기 때문이다.

집 안에 온갖 쓰레기가 나뒹굴어도 서류는 깨끗하잖아!

너무 낡아서 수리비가 엄청날 것 같아도 서류는 깨끗하잖아!

위치가 이래서 장사가 될까 싶어도 서류는 깨끗하잖아!

제주에서의 삶은 그렇게 내게로 다가왔다.

여담을 하나 하자면, 그 근처의 공인중개사들은 하나같이 정직하게 영업을

하는 분들이었다. 제주의 모든 공인중개사가 문제의 매물을 넘기려고 수작을 거는 그런 부류가 아님을 꼭 말하고 싶다. 여담을 하나 더 하자면, 그날 내가 마지막으로 부동산 사무실에 들어가 있는 동안 워니는 차에서 펑펑 울었단다. 제주 가서 살자는 저 인간 말을 듣는 게 아니었다나 뭐라나.

정신 차려보니 제주

저마다의 이별 준비

회사를 그만두자마자 서둘러서 제주에 집을 구해 놓았으니 당분간 여유롭게 지낼 생각이었다. 세상의 속도에서 벗어나 자유로운 시간을 갖고 싶었다. 질리도록 늦잠을 자고, 실업자임을 자랑하듯 부스스한 머리로 동네를 돌아다니는 것. 영화를 보고, 서점을 가는 것. 선선한 바람 냄새를 맡으며 산책을 하는 것. 가끔은 동네 도서관에서 진행하는 인문학 강의를 듣는 것. 그러다가 어느 날은 어디론가 훌쩍 여행을 떠나는 것. 쉬는 동안 할 일은 산더미처럼 계획되어 있었다.

무엇보다 직장에서 보낸 지난 10년을 되돌아보는 시간을 갖고 싶었다. 어떤 이에게는 자아와 보람과 성취의 장이기도 했을 직장이 나에게는 왜 버티기 위해서 아등바등했던 곳이었을까. 속도를 따라가지 못했고, 건조함을 참을 수 없었던 나는 무엇이 문제였을까. 인간성을 말살시키는 사회의 체제에 순응하는 것이 과연 굴욕적인 삶일까. 딛고 일어서면 의미 있는 어딘가에 도달하게 되는 건 아닐까.

답할 수 없는 질문을 던지고 있는 나는 아직 도시와 이별할 준비가 되어 있지 않았다.

워니에게도 시간이 필요했다. 도시를 떠나게 되리라고는 꿈에도 생각하지 않고 살아왔을 그녀에게 제주는 잔인한 섬이었다. 어쩌면 나에게 강요당하듯 선택한 제주 이주의 계획이 어떤 벽에 막혀서 무산되기를 바랐는지도 모른다.

워니는 나이 든 어머니를 걱정했다. 이민 간 형제들을 만나러 미국으로 갈 수 없을 만큼 늙은 어머니를. 딸을 만나러 제주로도 쉽게 올 수 없을 만큼 늙은 어머니와의 이별은 오래전 내가 고향을 떠나온 것과는 많이 다른 깊이였다.

나는 나고 자란 시골이 지겨워 유년기 내내 가족과의 이별을 준비하고 있던 것인지도 모른다. 시골을 떠나게 되었을 때, 도시를 향한 설렘의 반대편에 가족과의 이별에 대한 아쉬움은 없었다. 하지만 워니는 지금까지 살아오면서 어떤 이별도 준비하고 있지 않았다.

저마다 이별을 준비할 시간이 필요했지만, 우리를 둘러싼 주변의 모든 것은 거미줄처럼 엮여 있어 그중에서 시간만을 뚝 떼어서 쓸 수는 없었다. 오려면 빨리 오라는 듯 제주는 온힘을 다해서 우리를 끌어당기는 것 같았다. 살고 있던 아파트를 전세로 내놓자마자 며칠 만에 계약이 되어버린 것이었다.

당시는 전세 시장이 그리 좋지 않은 시기라 몇 개월 후에 전세집이 나갈 것을 예상하고 미리 부동산에 집을 내놨다. 봄이 오기 전에 남들보다 앞서서 이사를 준비하는 날랜 세입자가 나타나리라고는 꿈에도 생각지 못하고 말이다.

떠나려면 빨리 떠나라는 듯 도시는 온힘을 다해서 우리를 밀어내는 것 같았다. 갑자기 나타난 세입자에 쫓겨 우리는 부랴부랴 짐을 쌌다. 대부분의 짐은 보관이사를 맡기고, 나는 생필품을 실은 차와 함께 배를 타고, 워니는 고양이 마리와 함께 비행기를 탔다. 그렇게 쫓기듯 도시를 떠난 우리는 정신을 차려보니 제주에 와 있었다.

제주 도민이 되었다

제주 스타일의 공사 현장

우리는 제주 읍내의 한 원룸에서 임시로 지냈다. 그리고 곧 공식적인 제주 도민이 되었다.

제주 이주를 준비하며 겪었던 일들에 비해, 경기도에서 제주로 주소지를 이전하는 것은 너무도 간단했다. 첨단 IT 기술을 품은 읍사무소의 행정 서비스는 경기도에 있던 주소지를 400킬로미터나 떨어진 남쪽의 섬까지 빛의 속도로 이동시켜 주었다.

우리는 떠나온 도시와 이 섬에서 살아갈 계획으로부터 스스로를 철저히 단절시켰다. 도시에서의 날들을 돌아보지 않았고, 집수리 계획을 세우느라 바삐 움직이고 싶지도 않았다.

우리는 바다를 보고, 숲길을 걸었다. 때론 아무것도 하지 않았다. 끝나면 돌아가야 하는 휴가가 아니기에 아무 계획 없이 누릴 수 있는 여유였다. 그 시간들은 내가 왜 제주에서 살고 싶어 했는지에 대한 명쾌한 대답이 되어 주었다. 바쁘고 건조하게 살아왔던 나에게 허락된 최초의 자유였다. 하지만 원하지 않았던 삶을 받아들여야 하는 워니에게는 멋진 풍경과 여유로운 시간이 어떤 의미로 다가오지는 않았을 것이다.

우리는 동네 카페에서도 자주 시간을 보냈다. 주로 책을 보거나 창밖으로 지나가는 여행자들을 구경했다. 이주민 이웃들을 만나 수다도 떨었다. 이웃들 중에는 우리보다 먼저 제주로 이주하여 카페나 숙소나 식당을 열기 위해 한창 공사 중인 사람들이 많았다.

바쁜 공사 중에도 커피 한 잔의 여유가 필요한 이웃들은 마치 보름달을 기다리던 늑대인간처럼 오후가 되면 하나둘 카페로 모여들었다. 모여 앉으면 자연스레 공사와 관련된 이야기가 시작되었는데, 우리는 그들의 이야기를 듣느라 시간 가는 줄을 몰랐다.

이웃들이 하나같이 목에 핏대 세워 열변을 토하길, 제주에서 공사를 한다는 것이 이토록 속 끓이는 일인지 몰랐단다. 공사비의 대부분을 차지하는 인건비를 아껴야 하는 입장에서 벽돌 하나 쌓고 막걸리 한 잔 하고, 모래 한 삽 뜨고 담배 한 대 피우는 인부들을 바라보는 건축주의 속은 끓다 끓다 넘쳐서 새카맣게 탄다고 했다. 그뿐 아니라 비 온다고 하루 쉬고, 바람 분다고 하루 쉬고, 전날 과음했다고 하루 쉬는 그 이유 같지 않은 휴일의 연속으로 도대체 이 공사가 언제 끝날지 모르는 답답함까지 더해진 총체적 난관에 속이 썩어날 지경이라고 했다.

누구의 통제도 받지 않는 인부들의 유유자적한 근무환경이 부럽기도 하고, 고용한 사람으로서 열심히 일하라는 정당한 요구를 할 수도 없는 이 웃기고도 웃지 못할 제주의 공사 현장은 누가 갑이고 누가 을인지 구분이 안 되는 그런 곳이었다.

끝도 없을 것 같은 수다는 우리 주변을 떠도는 횡횡한 소문으로 마무리되었다. 인부들로 인한 고충은 감히 명함도 못 내밀 충격적인 소문의 진상은 모두를 분노케 했다. 바로 계약금을 받자마자 종적을 감춰버린 먹튀 업자들의 등장이었다. 피해자는 한둘이 아니었으며, 묘연한 먹튀 기술자들의 종적은 도저히 찾을 길이 없었다.

당시 제주에는 순진한 도시 젊은이들을 등쳐 먹으려는 천하의 못된 사람들이 도처에 널려 있었다. '사기 처먹기 딱 좋은 것들'이라는 순진무구한 인상을 하루빨리 지우지 않는다면 누구라도 피해자가 될 수 있었다.

따지고 보면, 그것은 제주에 발을 딛는 순간부터 허물어져 버리는 경계심 때문이 아닐까. 제주 정착기를 소개한 책을 읽다 보면 제주에선 어떤 종류의 경계도 불필요하다고 말하는 것 같다. 뭐든 책으로 배운 것의 함정이 이런 것 아닐까. '연애를 책으로 배웠어요'처럼.

할 일 없이 보낸 시간이 한 달을 넘어갈 즈음 슬슬 새집 만들기 프로젝트를 준비했다. 우리는 비용을 조금 아끼자고 신원이 확실하지 않은, 검증된 포트폴리오가 없는 사람은 고용하지 않기로 했다.

물망에 오른 몇몇 업체와 미팅을 진행하고 그중에서 한 업체를 선정했다. 집수리를 맡기기로 한 시공 업체의 실장은 경기도 일산에서 인테리어 사업을 하다가 몇 해 전에 제주로 이주한 분이었다. 이주 후, 제주에서 몇 개의 공사를 맡으며 자리를 잡아가고 있었다. 지금까지 진행했던 현장을 찾아가서 살펴본 디자인과 완성도가 마음에 들었다. 그리고 무엇보다 함께 일하는 인부들 중 핵심 기술자는 실장과 도시에서 함께 일해오던 분들로, 공사 현장에서까지 유유자적한 삶을 실천하고 있는 제주 스타일의 인부가 아니었다.

그 업체로부터 받은 견적서에는 자재비와 인건비가 상세히 기재되어 있었다. 전문용어의 탈을 쓴 국적불명의 현장용어가 있기는 했지만, 공정별로 일목요연하게 정리되어 있는 문서는 집을 수리하려면 돈이 아주 많이 필요하다는 사실을 단호하게 말하고 있었다. 또한 각각의 공정은 평소 물 새는 변기 한 번

52

고쳐본 적 없는 내가 감히 도전하면 안 되는 전문가의 영역임을 과시하고 있었다. 그 후, 몇 번의 미팅을 더 가지며 비용절감을 위해 의견을 나누고, 디자인 수정을 완료하고서야 계약을 했다.

새 집으로 이사를 했다

모두가 전문직

나는 평소에 잔걱정을 달고 사는 피곤한 사람이다. 여행을 갈 때는 여권 분실의 난감한 상황을 미리 걱정하고, 중요한 약속이 있을 때는 전철이 고장 날 걱정을 하고, 길거리에서 떡볶이를 사 먹을 때는 대장균 걱정부터 한다. 대부분 지나고 나면, 아니 걱정을 하는 그 순간에도 쓸데없는 걱정임을 알지만 천성이 그런 걸 어쩔 도리가 없다. 실은 꼼꼼하고 빈틈없는 사람이고 싶은 강박이 만들어내는 망상이라고 해도 할 말이 없다.

어릴 때도 지금과 별반 다르지 않았던 나를 두고 어머니께서는 "저놈 저거 집 무너질 걱정에 잠도 못 잘 놈일세"라고 하셨다.

손꼽아 기다리던 그날, 드디어 공사가 시작되었다.

첫 공정은 철거였다.

늘 그렇듯 나는 전날 밤에 이런저런 걱정을 하느라 잠을 잘 못 잤다. 철거하다가 사람이 다치면 어떡하는지, 그러면 시공주인 나의 책임은 어디까지인지, 업체는 보험 가입은 했을지를 걱정했다. 무엇보다 제일 큰 걱정은 벽채를 철거하다가 집이 무너지면 어떡하나 하는 것이었다.

어머니의 예언대로, 나는 정말로 집 무너질 걱정에 잠도 못 자는 놈이 되어 버린 것이다. 워니는 특유의 냉소적인 표정으로 "그러니까 돈 주고 공사하는 거지"라고 했다. 맞는 말이다. 돈 들여서 전문가를 고용해 놓고서 사서 걱정하고 있는 꼴이었다.

서너 명으로 구성된 철거 팀은 출근하자마자 우리 집을 향해 번개처럼 달려들었다. 실장의 지시에 따라 천장이며 벽이며 닥치는 대로 뜯어냈다. 그리고 집의 하중을 고려하여 적소에 임시 기둥을 세웠으니, 집 무너질까 봐 잠 못 잤던 어제의 나는 그야말로 쓸데없는 걱정이나 했던 셈이었다.

20㎡ 남짓의 조그만 카페가 될 축사는 처음부터 폐허처럼 허물어져 있었다. 벽돌을 쌓고 지붕을 올려야 하기에 수리라기보다는 신축이라고 해야 맞는 대공사였다.

몇 달 전, 시공업체 선정을 위해 만난 업체들은 이 카페 공간에 대한 의견이 분분했다. 그때 우리의 물망에 오른 업체는 총 세 군데였다. 그중에서 지금의 업체를 선택한 이유가 카페 때문이라고 해도 과언이 아니다.

먼저 A 업체. 이 업체가 맡아서 시공을 했던 공간의 완성도는 꽤나 훌륭했다. 특히 오래된 감귤 창고를 주택으로 개조한 공사가 아주 인상적이었다. 그

런데 A 업체가 내놓은 카페 공간에 대한 의견은 제안이라기보다 사업적 조언에 가까웠다. 겨우 민박 손님 몇 명 이용할 공간에 많은 돈을 쓸 필요가 있느냐며, 그냥 이동식 주택이나 하나 사서 놓으라는 것이었다.

'아니, 우리 집을 뭐로 보고!'

속으로 흥분한 나는 며칠 동안 우울했다. 손님의 휴식 공간이기도 하지만

제주에서 글을 쓰며 살겠다는 나와 베이킹과 바느질을 즐겨 하는 워니의 작업실이 되기도 할 꿈의 공간을 폄하한 것에 화가 났다. 남의 눈에 하찮게 보이는 그런 공간에서 소박한 꿈을 꾸는 우리가 한심하게 보이기도 했다.

B 업체. 이 업체는 제주에서 꽤나 유명했다. 디자인이나 마감의 완성도가 높아서 많은 사람들의 각광을 받는 곳이었다. 우리도 사실 B 업체에게 공사를

맡기고 싶었지만, 업체는 카페 공간에 대한 가치를 우리보다 더 높게 부여했다. 지나치게 고급스러운 디자인을 내놓으며 견적을 높게 불렀다. 이태리제 대리석만 안 깔았을 뿐이지 우리 눈에는 완전히 호화 카페로 보였다.

'아니, 민박 손님 몇 명 이용할 공간에 그렇게 많은 돈을 쓸 필요가!'

마지막, 우리 집의 수리를 맡게 된 C 업체는 우리의 눈높이와 예산에 맞춘

합리적인 제안을 해 주었다. 지나치게 고급스럽지도, 그렇다고 싸구려 티도 안 나는 단순한 디자인이었다. 고객의 예산과 안목과 취향을 고려하는 것도 디자이너의 능력 아니겠는가.

철거를 시작한 지 두 달 만에 우리는 이사를 했다. 새집 같지 않은 새집으로. 마당에는 쓰레기와 폐기물이 쌓여 있었고, 공사 차량의 진입을 위해 돌담도 무너진 집으로 짐을 들이밀고 들어갔다.

이사를 하고 공사는 2주일간 더 진행되었다. 총 공사기간은 10주가 걸렸다. 뼈대와 지붕만 남기고 모조리 뜯어고치는 농가주택 리모델링은 새집을 짓는

과정과 다를 게 없었다. 설계대로 진행되지 않는 현장 사정, 예상치 못한 문제, 대책이 빚어낸 또 다른 문제를 해결하는 것은 어쩌면 새집을 짓는 것보다 더 어려운 작업일지 모른다. 그 모든 일들을 해낸 현장 기술자들은 전문직이라 불러도 무방할 것 같다는 생각이 들었다.

철거 기술자는 오로지 힘이 아니라 집의 하중을 고려하여 구조물을 제거해

야 하며, 설비 기술자는 허구한 날 땅만 파는 것 같아도 오수가 잘 내려가도록 물매를 맞춰 배관을 연결하는 섬세함이 필요하며, 목수는 단순히 나무를 다루는 것이 아닌 집에 생명을 불어넣는 것 같은 경이로움이 들었으며, 전기 기술자는 전선 하나하나에 연결된 화재사고의 책임감을 거미줄처럼 엮는 직업이었다. 그들은 학위와 자격증이라는 엄격한 분류 기준에는 부합하지 않을지라도, 오랜 기간 현장에서 습득한 기술력만으로 전문직이라고 부르기에 충분해 보였다.

공사 과정을 더 자세히 설명하고 싶지만 그럴 수 없는 것이 무척이나 안타깝다. 10주간의 기록이 부실할 뿐만 아니라 전문성 또한 부재한 내가 그 장대한 과정을 상세히 설명하기에는 역부족이다.

부족함을 채우고자 대략적인 공사비를 공개한다. 공사비는 2012년에 업체에서 받은 견적서를 토대로 정리했다. 인건비와 자재비 상승분을 감안하여 참고하시면 좋겠다.

공사 비용

(단위:원)

안채(게스트하우스, 49.52m^2)	18,000,000
바깥채(살림집, 42.98m^2)	29,000,000
카페(19.83m^2)	23,000,000
기타(정화조, 야외 데크 등)	5,000,000
현장 관리비	3,000,000
업체 이윤	7,000,000
합계	85,000,000

* 주요 공사별 비용

창호공사	7,256,000
설비공사	12,354,000
목공사	17,380,000
전기공사	5,147,000
욕실 및 화장실	4,185,000
타일공사	5,468,000
철거 및 폐기물 처리	2,550,000

공포 탈출

읍내의 원룸에 밤이 찾아오면

세 개의 건물이 서 있는 100평 남짓의 우리 집은 처음 볼 때 너무 볼품이 없어서 매매 계약을 해야 하나 말아야 하나 한참을 망설였다. 마당에 커다란 컨테이너가 놓여 있던 이 집을 처음 봤을 때는 가슴 아픈 속세의 사연이 숨겨진 누군가의 은신처 같았다. 이 집에 살던 사람은 은신의 지루한 시간을 보내기 위해 마당에서 백남준 코스프레라도 한 걸까? 고장 난 텔레비전이 산처럼 쌓여 있었다.

해체된 텔레비전 무더기와 컨테이너의 녹슨 금속 재질에서는 설명할 수 없는 마초적 기운이 느껴지는 한편 이 집의 전체적인 분위기는 사차원적으로 왜곡된 예술 세계의 아우라를 내뿜고 있었다. 집이 너무 낡아서 어디를 어떻게 손봐야 할지 엄두가 안 났고, 돈은 또 얼마나 들여서 고쳐야 하나 막막했다.

사람들은 운명의 집을 만나면 꽉 느낌이 온다는데 우리는 마음이 끌리는 어떤 느낌도 받지 않았다. 정말로 운명의 집이 아니라서 그랬던 걸지도 모르지만, 한편으로는 집에 대해 좋고 나쁨을 구별할 안목이 없어서 그랬는지도 모른다. 집 앞 대로에 있는 버스 정류장이 게스트하우스에 얼마나 유리한 조건인지도 모르고, 버스 때문에 시끄러운 건 아닌지 하는 바보 같은 걱정이나 하고 있었으니 말이다.

집수리가 진행되는 몇 달간 우리가 지낸 원룸은 시골 읍내에 위치해 있었다. 그곳의 분위기는 많은 사람들이 보고 취하는 제주의 풍경과는 거리가 멀었다. 이국적인 제주의 특별함은 느껴지지 않는, 강원도 어디쯤 여행하다가 담배 가게를 찾아 잠시 들른 그런 보통의 읍내였다.

원룸은 고양이 마리까지 데리고 셋이서 복닥거리기에 비좁고 답답했다. 그 안에서 우리는 생경하고 쓸쓸한 느낌의 무게를 덜어낼 따뜻함이라곤 없는 남의 둥지에 누운 새 같았다.

무엇보다 우리를 힘들게 했던 건 새벽마다 벽을 뚫고 전해지는 진한 알코올 기운의 고성방가와 온갖 도구를 이용한 육탄전이었다. 날마다 새벽이면 원룸 건물의 어딘가에 묵고 있는 건설 노동자들의 만취 주사가 시작되었다. 초저녁부터 술자리를 벌이다가 자정쯤부터 시작되는 옥신각신 말다툼이 금세 싸움으로 번져 누군가와 누군가가 편을 나누어 육탄전을 펼쳤다. 우당탕 뭔가를 집어던지고, 치고받으며 뒹구는 소리도 들렸다.

매일 반복되는 소리의 크기, 지속되는 시간, 두꺼운 콘크리트 벽을 뚫고 전해지는 날카로운 살기로 보아 저들의 집기들은 진작 모든 기능을 상실했을 것이다. 소리의 진원지에서 함께 술을 마신 사람들 중 몇몇은 피투성이가 되거나 뼈가 부러져서 응급실로 실려 갔을 것도 같았다.

체내에 깊이 침투한 알코올이 온종일 저들을 환각 상태로 만들어야 마땅하건만, 매일 아침 어김없이 일터로 나가는 저들의 체력과 정신력은 가히 칭찬할 만 했다.

그런데 왜 싸울까? 그것도 매일. 나는 매일 뜬눈으로 새벽을 지새울 수밖에 없었다. 새벽마다 벌어지는 그 싸움에서 억울한 누군가가 알코올의 기운을 더해 홧김에 방화라도 저지를까 겁이 나서였다. 새벽이면 모두가 좀비처럼 이성을 잃어버리는 판에 홧김에 불을 지를 만한 또라이가 없으리라는 보장은 어디에도 없지 않은가. 누군가의 방화로 불길이 솟는 동안 워니와 마리 옆에서 나마저 깊이 잠들어 있다면 우리는 생면부지의 섬에서, 그것도 지저분한 시골 읍내의 원룸에서 불에 탄 변사체가 될지도 모른다는 무시무시한 공포에 시달렸다. 살짝 매캐한 냄새가 나거나 작은 불길이라도 감지된다면 잽싸게 워니를 깨워야 했다. 자동차 키를 챙기고 노트북을 챙기고 지갑을 챙기고 휴대폰을 챙기고 마리를 챙겨서 뛰쳐나갈 마음의 준비를 하고 있어야 했다. 그렇게 마음속으로 급박한 탈출을 준비하며 뜬눈으로 매일 새벽을 지새웠다. 다크서클이 점점 진해졌다. 하루빨리 무서운 원룸을 탈출해야겠다는 생각뿐이었다. 하루빨리 공사를 끝내줄 것을 업체에 요구하며 서두를 수밖에 없었다.

집수리와 인테리어 공사라는 건 우리의 취향적 요구와 완성도를 관철시키기 위해서 시공 업체와 수없는 공방이 오갈 수밖에 없다. 뭔가 맘에 안 드는 것이 있으면 재공사를 요구하거나 자재의 색감과 재질을 변경해야 할 경우도 많다. 하지만 우리는 약간의 하자와 불만족을 감수할 수밖에 없었다. 그건 마음에 조금 안 드는 것이지 우리의 생명을 위협하지는 않기 때문이다.

공사한 부분이 마음에 안 들어서 업체와 갑론을박하면서도 불에 탄 세 구의 변사체가 누워 있는 장면이 말풍선이 되어 내 머리 위에 둥둥 떠 있었으니, 우리의 요구를 주장하면 할수록 공사만 늦어질 뿐이고 그럴수록 우리의 생명은 위태로워졌다. 우리는 어쩔 수 없이 마음에 안 드는 부분을 상당 부분 묵인하고 양보해서 두 달 만에 원룸을 떠날 수 있었다. 그 결과 소중한 우리의 생명을 지킬 수 있었으며, 변사체가 아닌 살아 있는 생명체로서 이렇게 글을 쓰고 있는 것이다. 느껴지지 않는가? 살아 숨 쉬는 생명력 있는 문체의 내 글이.

드디어 이사를 하는 날. 여기저기 마무리가 덜 됐고, 온갖 폐자재들로 마당은 엉망이었지만 그 모든 것은 두 눈 뜨고 살아 있음에 감사한 풍경이었다.

이 집에서의 첫날밤은 오래전, 곰팡이가 뒤덮였던 반지하 방을 벗어나 이사를 간 2층 원룸에서의 첫날밤보다 쾌적했다. 더 이상 생명을 위협받지 않게 되었다는 안도감 가득한 밤이었다. 정리되지 않은 짐을 내팽개쳐두고 그동안 못 잤던 잠을 푹 잤다. 다크서클이 점점 줄어드는 꿈을 꾸었다.

새집에서 게스트하우스 오픈 준비를 하며 이것저것 사고 또 이것저것을 사고 또 거침없이 이것저것을 샀다. 신용카드 한도가 초과되었다. 청소도 하고 짐 정리도 하고 바쁘게 지냈지만 좁고 답답했을 뿐만 아니라 생명의 위협을 안고 살았던 원룸을 벗어난 것만은 누리고 누려도 부족한 행복이었다.

우리가 살던 원룸은 아직 여전하다. 불타지 않았다. 나의 새벽을 공포로 몰아넣었던 그들은 지금쯤 원룸을 떠났겠지! 지금은 어디서 무슨 공사를 하고 있을까? 거기서도 원룸에 머물까? 오늘 새벽에도 싸웠을까? 내일 새벽에도 싸울까? 다 큰 어른들인데 이제 좀 그만 싸우고 사이좋게 지내시길 바란다. 그게 안 되면 결별을 하시든가. 옆방 사람들을 위해서!

나는 두 얼굴을 갖지 못한
내공 부실의 초보 장사치.

적성에 안 맞네! 힘들어서 못하겠네! 회사 생활과 지금이 뭐가 다른
지 모르겠다고 투덜대면서도 일을 접고 싶지는 않다. 그랬다간 사
람에 대한 실망만 간직하게 될 것이다. 절대 그렇게 되고 싶지 않다.

PART TWO

결국, 사람 사는 곳

제주 꿈나무

사람이 문제다

제주 꿈나무. 2박 3일 내지 3박 4일 동안 렌터카로 제주를 일주하며 유명 관광지를 숙제처럼 찍고 다니는 사람들을 일컬어 우리끼리 그렇게 부른다. 제주 꿈나무의 기준은 대충 이렇다.

첫째, 여자 친구의 계획표대로 이동하는 남자의 일일 운전 거리가 300Km에 육박한다. 하루 일정을 대부분 도로 위에서 보내고 제주가 이렇게 넓은 줄 몰랐다고 때늦은 후회를 한다. 둘째, 식당 주인이 고용한 파워 블로거에게 낚여 들어간 맛집 아닌 맛집에서 식사를 한다. 셋째, 그해의 처음이자 마지막 여행인 것처럼 전투 정신으로 무장해 여유란 찾아볼 수 없다.

제주를 처음 밟아본 사람이 대부분 그러한데 누구나 한두 번쯤 겪어야 하는 과정이다. 한번 앓고 나면 건강해지는 홍역 같은 것으로, 보통 세 번째 방문부터 여행의 내공이 쌓여 경제적이고 여유로운 여행을 하게 되는 것 같다.

나의 첫 제주행은 대학교 졸업 여행이었다. 일정 내내 낮에는 전세 버스 좌석과 합체되어 깊이 잠들어 있었다. 젊은 날의 추태로 상징되는 지난밤 숙취의 고통에 온종일 시달렸다. 관광 나이트에서 밤을 지새우고 난 아침, 출석하듯 전세 버스에 올라 관광은 안중에 없이 어둠과 함께 찾아올 환락의 밤을 기대하던 그 여행. 이성과 술을 향한 갈망이 아름다운 풍광의 감동을 억누를 만큼 충분히 어린 나이였다.

몇 년 뒤 워니와 함께 찾은 제주. 숙취의 기억으로 뒤덮인 오래전 제주를 빼면 사실상 첫 번째 제주 여행이었다. 그때 나는 입장료를 요구한다는 건 풍부한 볼거리를 보장한다는 뜻으로 이해했다. 물론 입장료가 비싸면 비쌀수록 볼거리가 많을 것이라고도 오해했다. 치밀하게 계획된 동선을 따라 관광 지도에 빼곡히 표시해둔 장소들을 찾아 마치 체험학습을 하듯 일정을 소화했다.

그때 우리는 제주 꿈나무였던 것이다. 본 건 많았지만 추억은 적었다. 많이 쓴 만큼 통장은 홀쭉해졌고, 길었던 일정만큼 몸만 힘든 여행이었다. 마치 죽여도 죽여도 살아나는 시간을 죽이기 위해서 봤던 오락 영화의 줄거리처럼 그 여행의 추억은 남아 있지 않다. 다만 디지털 기술의 비약적인 발전으로 PC로 옮겨놓은 수십 장의 사진이 그때의 추억을 대신하고 있을 뿐이다.

그 여행 뒤에 내 머릿속을 이리저리 유영했던 건 달리는 차창 밖으로 본 우연한 풍경들이었다. 도로 양옆으로 늘어선 긴 삼나무 길, 끝도 없이 펼쳐진 초원과 불쑥 솟은 오름, 검은흙을 품은 당근밭 돌담이었으며 서쪽 해안도로를 달리다 본 낙조는 희미한 영상처럼 남아서 지금도 잊히지 않는다.

인간이 과도하게 개발한 관광지는 마치 포르노 같다. 더 많은 관광객을 유치하기 위해 더 크고 화려하게 개발해야만 하는 관광지. 더 큰 자극을 갈망하는 자들의 요구와 기대에 부응해야 하는 포르노와 꼭 닮았다. 파격적인 소재를 끊임없이 개발해야 하는 포르노 제작자처럼 더 많은 제주 꿈나무들의 유입을 위해서 지금 이 시간에도 제주에 개발되고 있는 ○○랜드, □□파크들은 이래도 되나 싶을 만큼 그 수와 규모와 조잡함이 도를 넘어선 것 같다.

개발주의자들로부터 자연을 지키는 건 불가능하다. 모든 걸 지배하는 돈은 지역 발전을 바라는 주민들의 심리를 지배하고, 허가권을 가진 행정 기관까지 지배해 버렸다. 자연은 바람에 흩날리는 한낱 종이쪽 같이 언젠가 날아가 버릴 것이다. 그걸 지켜낼 수 있는 방법은 지금 이 시대에는 없다. 단연코 없다.

그 후 제주 꿈나무의 대표 경유지인 ○○랜드, □□파크는 거들떠보지도 않게 되었다. 국내에서 대학생이 존경하는 1위 기업인이 회장으로 있는, 대학생이 일하고 싶어 하는 1위 기업인, 인권 유린과 노동 탄압은 세계 1위급인 모 대기업 제품은 절대로 구매하지 않는 작은 신념처럼 훼손되어 가는 제주의 자연을 위해 내가 할 수 있는 거라곤 그런 시설을 이용하지 않는 것이 고작이다.

제주가 오래도록 간직한 풍경에 깊이 감동하며 여행은 더 풍족해졌다. 몸도 마음도 편한 이런 여행을 뭐라고 해야 할지 몰랐는데, 몇 년 후 '힐링'이 등장하며 그전까지 트렌드를 유지하던 '웰빙' 열풍의 바통을 이어받았다.

그리고 얼마 후, 제주에 올레길이 열렸다는 소식을 들었다. 마을과 마을이 이어진 길을 걸으며 제주의 속살을 깊이 들여다볼 수 있는 올레길은 상상만으로도 가슴을 뛰게 했다. 몇 년 만의 해외여행을 앞둔 것보다 큰 두근거림이었다. 팀장의 눈치와 팀원을 향한 미안함을 뒤로하고 마침내 올레길에 올랐다. 그리고 그 길의 한복판에서 제주에 강한 끌림을 느껴 비로소 삶의 터전까지 옮겨왔다.

별수 없이 제주 꿈나무처럼 섬의 구석구석을 찾아다녀야 할 때가 있다. 바로 부모님이 방문하셨을 때다. 방치해도 무방한 친구나 형제의 방문과 달리 부모님께는 운전 기사와 가이드 역할, 숙식 제공에 야간 바비큐 파티까지 풀 서비스로 모셔야 하는 것이 동방예의지국의 관광지에 사는 자식의 도리다.

얼마 전 게스트하우스 휴일을 기해 방문한 장모님을 위해서도 그랬다. 급가속, 급제동을 최소로 한 사뿐한 운전으로 이동하는 내내 편안하게 모시고, 관광객으로서는 절대 알 수 없는 숨은 맛집으로 안내했으며, 저녁에는 서울에는 가짜가 판친다는 제주 오겹살 파티를 열어드렸다. 장모님은 대체로 만족해하셨다. 하지만 관광지 선정만은 정말로 어려운 일이었다.

내가 아는 곳이라 해 봐야 한참 걸어야 하는 트래킹 코스나 오름이 대부분이다. 그런 곳으로 모시기에 장모님은 연로하셨고, 젊은 시절에 그리스며 터키며 해외여행을 줄기차게 다니셨기에 별 볼품없는 풍경으로 비칠 것이다. 그래도 폭포며 바다며 숲이며 열심히 모시고 다닌 성의와 노고에 대체로 만족한 것처럼 위장한 장모님께 무한한 감사의 마음을 전하고 싶다.

제주는 자연경관을 빼고 나면 관광지로서는 참 초라하고 볼품없음을 새삼 느꼈다. 자연을 공유할 수 있는 최소한의 시설 정도라도 그저 좋을 섬인데, 개발 외에는 관광객 유치를 위한 다른 방법이 없는 거라면 지난 대선 때 모 후보의 구호는 잘못된 것이다.

'사람이 먼저'가 아니라 '사람이 문제'다.

적성에 안 맞는 이런 거나

낭만과 여유 없는 게스트하우스

의도하지 않았지만 가끔 듣게 되는 손님의 대화.

"너도 제주 와서 이런 거나 해."

"나도 이런 거나 할까?"

"이런 거나 하며 살면 좋겠다."

한참이나 귓가를 맴돌던 그 소리.

이런 거나…… 이런 거나…….

게스트하우스 주인이라는 내 일을 아주 하찮게 보거나, 내가 별 볼 일 없는 사람으로 보이거나, 아름다운 섬 제주에서 편하게 먹고사는 것 같아 보여 부러워서 그런 것일까. 게스트하우스 주인으로 사는 게 그 손님들 눈에는 '이런 거나'로 보였나 보다.

사람들의 그런 시각이 불쾌하지만 딱히 뭐라 할 말도 없다. 몇 만 원씩 받고 여행자들에게 하룻밤 방 빌려 주는 게 뭐 대단한 일일 리 없고, 도시에서 잘 먹고 잘 살지 못해서 이런 시골까지 흘러들어와 살고 있는 내가 별 볼 일 있는 인간일 리 없는 것도 당연하다.

나는 적게 벌어도 적게 쓰며 느린 삶을 누리기 위해 화려한 도시를 뒤로하고 제주행을 선택한 사람이 아니다. 생존과 경쟁의 방식으로 굴러가는 조직사회에 환멸을 느낀 건 맞지만 모든 걸 홀홀 털고 배낭 하나에 의지해서 전 세계를 누볐던 자유로운 영혼의 소유자도 아니다. 그래서 제주에 내려와 별 볼 일 없는 일을 하며 사는 별 볼 일 없는 사람이라는 것에 딱히 할 말이 없다.

하지만 게스트하우스가 아무리 별 볼 일 없는 일이라 하더라도 결코 편하게 먹고사는 건 아니다. 절대로 나 같은 사람 부러워하지 말라고 말하고 싶다.

"내가 이러려고 제주에 왔나?"

"다 때려치워."

"다시 서울 갈까?"

편하고 여유롭지 않은 일상을 탄식하며 참아낸 세월이 2년이 되고 있다.

여행자에게는 나의 일이 충분히 '이런 거나'로 비춰질 수 있을 것 같다. 게스트하우스 운영 따위 특별한 전문성이 필요해 보이지는 않고, 별로 힘들어 보이지도 않고, 대충 입에 풀칠은 하고 사는 것 같을 것이다. 미칠 듯한 풍광에 젖은 며칠의 여행 동안 제주에서 살아보고 싶다고 생각하는 여행자가 얼마나 많은지 알기에 더더욱 이해가 된다. 여행자로 제주를 찾았던 나도 그랬으니까.

그런데 국정원 하면 드라마 〈아이리스〉나 영화 본 시리즈의 주인공을 떠올리지만 실상은 골방에서 댓글이나 달고 있지 않은가. 나의 일도 그 속을 들여다보면 감히 '이런 거나'라고 할 수는 없을 것이다. 출생의 복불복에서 다행스럽게도 부자의 아들딸로 태어난 행운을 거머쥔 사람이 아니고서야 어떤 생계 활동이 여유롭고 낭만적이며 치열하지 않을 수 있을까?

도시를 떠나면서 굴레의 시발점인 출근길에서 해방되었다. 대한민국을 뒤덮고 있는 온갖 횡포의 갑질에서도 벗어났다. 이 두 가지만으로도 계층 상승의 꿈은 진작 포기한 이 나라 서민으로서 누릴 수 있는 행복의 최대치에 근사한 게 아닐까!

하지만 제주 정착을 동경하고 있는 많은 사람들의 입장에서 볼 때 나는 물 좋고, 공기 좋고, 경치 좋고, 이웃 많은 곳에 살면서도 그 혜택을 제대로 누리지도 못하는 미련한 사람으로 보일지도 모르겠다.

바다는 좋아하지만 그 속에 들어갔다가는 나를 삼켜 버릴 것만 같다. 산은 더 좋아하지만 해발 200미터 남짓의 다랑쉬 오름 정도가 내 다리의 힘으로 오를 수 있는 최대 높이이다. 땅을 일구고 씨를 뿌리는 것이야말로 세상에서 제일 고귀한 노동이라고 생각하지만 내 손으로 텃밭을 가꾸고 싶은 생각을 한 적은 없다. 한량의 기본 요건인 음주 가무에도 소질이 없다. 타인과 일정 거리를 유지하려는 방어기제 때문에 쉽게 어울릴 이웃도 많지 않다. 이런 내가 제주에서 하고 싶은 일은 고작해야 책을 좀 더 많이 읽고 틈틈이 글을 쓰는 것이다.

즐겁게 집중하며 열정을 잃지 않으면 그 일이 재능이라고 했던가? 오늘도 나는 즐겁게 집중하며 글을 쓰고 있지만 그것이 재능이라고 자신할 수는 없다. 남에게 인정받을 만한 완성도의 결과물이 하나도 없기 때문이다. 남에게 인정을 받는다는 건 그걸로 돈을 벌 수도 있다는 것일 텐데, 그건 언감생심 꿈도 꾸지 못할뿐더러 그랬다가는 글을 쓰는 게 더 이상 즐거운 일이 아니게 될 것이다. 그래도 재능의 부재는 늘 한줌의 아쉬움을 선사한다.

혼자 책을 읽고 글을 쓴다고 수입이 생기는 것도 아니니 생계를 위해 조그만 게스트하우스를 열었다. 하고많은 일들 중에서 왜 게스트하우스였냐면 만만해 보였다는 것이 첫 번째 이유다. 불특정 다수의 손님을 응대하는 데 대한 두려움이 있었지만 거친 소용돌이 같은 삶을 연명하기 위한 생계의 절박함은 그 정도 불안감 정도는 쉽게 휘저어 버렸다. 직장 생활에서 체득한 스트레스의 주요인을 보아 밥하고 청소하고 빨래하는 단순노동은 결코 어떤 스트레스가 되지 않으리라 생각했다. 두 번째 이유는, 내 자산으로 소유할 수 있는 게 시골의 작은 주택뿐이라는 것이었다. 작은 농가주택에서 벌일 수 있는 일이 게스트하우스 말고는 딱히 없었다. 그리고 제주에서 게스트하우스 주인으로 산다는 게 얼마나 낭만적일지, 제주 정착이라는 스스로 설계한 내 인생에 도취된 몹쓸 나르시시즘의 극치가 세 번째 이유였다.

돈도 안 되고 밥벌이도 안 되는 글이나 쓰는 동안 최소한의 생활비를 조달하며 시골 생활의 여유를 누리는 데 작은 게스트하우스 하나면 충분하리라는 착각도 한몫했다. 그 모든 것이 멋모르는 도시것의 오해였다.

자영업자에게도 사업 개시 전에 인적성 검사가 필요한 것 같다. 사교성, 이타성, 인내성, 지속성 정도가 게스트하우스 주인으로서 갖춰야 할 주요 덕목일 것 같다. 나는 게스트하우스를 오픈한 지 얼마 되지 않아 위의 모든 덕목이 결여되어 있는 인간임을 깨달았다. 개시 전에 알았으면 얼마나 좋았을까! 개시 직후에야 피부로 직접 느꼈다. 그렇다고 이미 발급받은 사업자등록증을 무르자니 도시에서 실패한 인생의 연속인 것 같아 차마 그러지도 못했다.

게스트하우스 운영은 생각보다 낭만적이지 않다. 손님들 조식 준비에, 청소하고 빨래하는 일이 낭만적일 리 있나? 아무리 정성을 다해 손님 맞을 준비를 한들 그건 돈 받고 하는 일일 뿐이며, 돈을 낸 사람이 누려야 할 당연한 서비스일 뿐이다. 손님 한 명, 한 명을 위한 배려나 친절은 숙박비에 포함되어 있지 않은 나의 순수한 마음이지만 그걸 알아주는 사람은 잘 없다.

"어서 오십시오, 고객님." 입구에서 인사하는 대형마트 직원에게 눈길도 안 주고 지나치는 게 우리들 아닌가.

여유롭지도 않다. 조식 준비를 위해 아침 일찍 일어나 오후에 세 시간 정도의 휴식을 빼면 게스트하우스의 불을 끄는 밤 11시까지가 업무 시간이다.

밥벌이를 하며 아침 늦잠까지 바라지는 않는다. 그건 게으르고 나태한 자의 욕심이겠기에 아침 일찍 일어나는 것에 대한 피곤함을 토로하고 싶지는 않다. 하지만 오후가 되기 전에 바지런히 객실 청소를 끝내고 잠시 누우면, 지친 몸이 채 가벼워지기도 전에 손님들 입실할 시간이 오고야 만다. 그때부터 밤 11시까지 또 게스트하우스에 매달려 있어야 하니 새벽에 집중력이 높아지는 나의 생체리듬에 맞춰서 책을 읽고 글을 쓴다는 건 불가능하다.

흐트러진 머리와 러닝샤쓰로 상징되는 퇴근 후의 사생활이 없다는 것 또한 매우 우울한 일이다. 하루 중 행복감이 극도로 높아지는 초저녁부터 자정까지의 시간에 나는 일일드라마도 9시 뉴스도 미니시리즈도 볼 수 없다. 주치의로부터 금연을 명 받은 애연가의 우울함이 이와 비슷할까?

즐겁게 글 쓰는 데 집중하며 살고자 했던 것과 달리 낭만도 없고 여유도 없는 게스트하우스는 초반부터 올바른 선택이 아니었다는 걸 뼈저리게 느꼈다.

사람을 대하는 일치고 작은 상처 하나 없기도 불가능한 것 같다. 무언가의 결핍이 가져다주는 분노, 공포, 시기, 질투, 원망 등에 대한 타인의 감정에 공감한다 해도 그건 인간에 대한 일차원적인 이해에 불과할 뿐이었다. 상상할 수 없을 만큼 다양하고 복잡한 사람들의 마음을 이해할 만큼 아직 성숙하지 못한 나는 사소한 일에도 쉽게 상처받았다. 모든 사람과 사람 사이에서 발생하는 관계의 부정교합은 숙박업소의 주인과 손님의 관계에서 더 도드라졌다.

일부 손님은 나의 친절을 갑에 대한 충성 정도로 보는 것 같았다. 상대와의 적정 거리를 제대로 인식하고 정교하게 유지하는 게 관계의 기술이지만 나에게 그건 참 어려운 일이었다.

이 일이 적성에 안 맞는 것 같다.

다 먹고살자고 하는 견데

주민들에게는 치열한 삶의 현장

마당 한편에 놓여 있는 녹슨 철제 의자.

오후의 햇살을 적나라하게 받고 있는 그 의자는 일 년 내내 똑같은 자리를 지키고 있지만 유독 이 계절에만 나를 오래도록 붙잡아 둔다. 따뜻한 햇살 아래 책을 펴고 의자에 앉으면 바람에 실려온 바다 내음과 마당 여기저기에 피어 있는 꽃향기가 코끝에 닿아 책 맛은 더욱 진해진다.

진한 책 맛에 빠져 있는 동안 저만치의 빨래 건조대에 매달린 수건들은 바람의 지휘에 맞춰 춤을 추고 수분은 점점 증발해 가며 뽀송뽀송해진다. 제주로 오기 전 상상의 한편에 존재하던 오월의 풍경과 거의 일치하는 모습이다.

계절의 여왕, 오월의 신부가 탄생하는 결혼의 계절. 우리의 마당에는 나비가 날아다니고 노랗고 뽀얗고 불그스름한 꽃들이 피어 있을 거라 상상했었다. 그리고 그 안에서 한가로이 책을 읽고 있는 내 그림자를 보며 미소 지을 거라 상상했었다. 겨울을 뚫고 힘겹게 달려온 오월의 평화는 지금 이 순간 만끽하지 않으면 금방 지나가 버려 또다시 일 년을 기다려야 한다.

어촌의 오월은 내가 느끼는 만큼 평화롭지는 않은 것 같다. 오월의 이 마을은 주민들에게 아주 분주하고도 치열한 삶의 현장이다. 우뭇가사리 채취가 본격적으로 시작되는 시기이기 때문이다. 채취한 우뭇가사리는 전량 일본으로 수출한다고 한다. 이때가 되면 마을의 할머니 할아버지들은 일제히 두 팔을 걷고 바다로 나간다. 오전에는 바다에서 우뭇가사리를 뜯고 오후에는 그것들을 마을 여기저기에 널어서 말리느라 분주하다.

평소 양손 가득 시장바구니를 들고 힘겹게 걷는 할머니와 호주머니에 빈손을 꽂고 터벅터벅 뒤따라 걷는 할아버지의 모습만 봐 왔기에 제주 어촌 가정의 생업에 있어 남녀의 역할과 비중을 어느 정도 짐작하고 있었다. 그런데 우뭇가사리 채취 작업에 할아버지들까지 두 팔 걷고 나서는 걸 보면 수세미처럼 생긴 이 해초가 얼마나 고수익을 안겨주는 것인지 알 수 있을 것 같다. 그뿐 아니라, 거동이 불편해서 평소 바깥출입을 삼가던 뒷집 할아버지까지 일손을 거든다. 연로와 건강을 이유로 마을 공동 작업에 빠지기에는 우뭇가사리가 안겨주는 고수익은 쉽게 뿌리칠 수 있는 게 아니리라.

마을 공동 작업인 만큼 온 동네가 들썩거린다. 위아래로 해녀복을 착용한 할머니들은 여전사 잔 다르크 같고, 느긋한 동작의 할아버지들은 마차몰이 아르바이트를 나온 것 같다. 마을 여기저기의 빈 땅은 건조를 위해 널어놓은 우뭇가사리에게 모두 점령당한다. 그 기간에는 평소 우리 집 손님들이 주차를 하는 길가도 예외가 아니다.

　렌터카로 여행하는 손님을 맞이하려면 게스트하우스에도 주차장이 필수적인 공간이다. 별안간 출현한 우뭇가사리로 주차장을 잃은 우리 집은 게스트하우스 영업에 치명상을 입었다. 우리의 생계가 걸려 있는 게스트하우스의 주차 공간은 중요도에 있어서 우뭇가사리와 견주어도 결코 하찮지 않건만, 마을분들께 그건 어디까지나 이 마을에 굴러 들어온 돌의 하찮은 고충일 뿐일까?

　마을에 굴러든 돌의 생계 따위는 무시하고 주차장을 장악한 우뭇가사리 때문에 손님의 운전대를 건네받아 내가 직접 발레파킹을 하러 돌아다닌다. 동네를 몇 바퀴 돌다보면 여기가 청담동인가 싶다.

　이리저리 동네를 돌다가 빈자리가 보여 잽싸게 핸들을 꺾으면 어느새 우뭇가사리 한 자루를 머리에 이고 할머니가 등장한다. 한 치의 걸림돌이 된다면 나는 이 동네 주민의 생계를 방해하는 천하의 막돼먹은 육지것이 될 것이고, 이 마을 주민의 공동의 적이 될 것이다.

　또 다른 빈자리를 발견해도 어김없이 등장하는 우뭇가사리 할머니. 금요일 저녁 청담동 간장게장집 주차 전쟁이 오월의 이 동네만 할까?

　한량인 줄만 알고 있던 할아버지들까지 생업의 전선으로 이끌고, 집 앞 길

가까지 점령한 우뭇가사리의 힘이 실로 대단하다. 그런데 생각해보면 좀 야박하다 싶다. 아무리 오래전부터 우뭇가사리 건조를 위해서 이용해 오던 길가지만 어차피 끝도 없이 길게 뻗은 길, 우리 집 손님 차 몇 대 세울 공간만 비워두고 장악하면 얼마나 고마울까? 그래도 끽소리 안 하는 것이 괜한 분란을 만들고 싶지 않은 굴러온 돌의 바른 자세다.

어느 날, 이런 사정을 전혀 모르던 한 손님은 길가에 주차를 하려다가 때마침 우뭇가사리를 널러 온 할머니께 온갖 쌍욕을 한 바가지 얻어먹었다. 차분히 말해도 해석이 불가능한 제주 사투리로 해대는 욕은 참으로 길고 난해하다.

뜬금없이 쌍욕을 얻어먹은 손님에게 면목이 없었지만, 뭔 말인지 당최 알아듣지도 못할 욕을 들은 손님이 신선한 현지 문화를 체험한 뜻깊은 여행이라 생각하고 이해해 주기를 바랐다.

어쩔 수 없이 우리 집 돌담을 허물었다. 좁고 애매한 땅 모양새 때문에 도저히 불가능할 것 같아서 지금까지 구비하지 못했던 주차장을 우뭇가사리에 떠밀려 그제야 추진하게 되었다. 마당에다 주차를 하도록 할 작정이었다. 여기저기 들이받게 될 상처투성이의 마당이 될 게 뻔한 터라 수많은 여성 초보 운전자들을 위해 나는 주차 요원을 겸직해야 할 것이다. 마을 주민들의 생계와 적게나마 외화 벌이에 기여하는 우뭇가사리의 수출을 위해 내가 할 수 있는 어쩔 수 없는 선택이었다.

돌담을 새로 쌓고 울타리를 세우는 동안 짜증이 안 날 리가 없었다.

돌 하나 쌓고 구시렁, 또 하나 쌓고 구시렁, 작업하는 내내 구시렁구시렁.

동네 땅을 전부 다 사서 주차장으로 만들어 버릴 테다.

작업을 다하고 나서도 구시렁구시렁…….

어느 날, 한 손님이 짜증 난 얼굴로 들어왔다. 왜 여기저기에 우뭇가사리를 널어 놨냐는 것이다.

'다 먹고살자고 하는 건데 그럴 수도 있지 뭘…….'이라고 생각하는 나는 뭐란 말인가?

참 이해할 수 없는 양면성이다.

이렇게 까다로운 사람이
게스트하우스 주인이라니

나는 두 얼굴을 갖지 못한 초보 장사치

도시는 때때로 나에게 결핍된 인간관계의 쓸쓸함을 안겨줬다. 연말이 되면 들뜬 기분이 되어 함께 시간을 보낼 사람을 헤아려 보아도 딱히 떠오르는 사람이 없었다. 좋아하는 사람부터 떠올려 보다가 여의치 않아, 아주 좋아하지는 않지만 그렇게 싫지도 않은 사람을 생각해 냈다. 이내 그것조차도 여의치 않다는 걸 깨닫고 결국 집에서 뒹굴었다. 친분이라는 코드로 입력되어 있는 주변의 모든 이들 가운데 연말을 함께 보낼 사람이 아무도 없었다. 확실히 나의 인간관계에 문제가 있음을 곱씹으며 나의 연말은 외로웠다.

새해에는 이놈의 까다로운 성격도 좀 고치고, 술도 좀 배우고, 좀 시답잖더라도 남들이 관심 있어 하는 거 나도 관심 좀 가져보자고 결심하기도 했다. 그리고 일 년이 지나면 또 똑같은 연말을 맞이했다.

나는 어릴 때부터 친구나 가족으로부터 까다로운 별놈으로 취급받았다. 주장이 명확하고, 내 일에 누군가 참견하는 걸 절대로 싫어하고, 약속과 규칙을 쉽게 어기는 사람을 미치도록 싫어하는 것일 뿐 절대로 까다로운 게 아니라고 항변했지만 바로 그런 게 까나로운 거란다. 고집은 있어도 나만큼이나 주장이 명확한 경우는 잘 없단다. 내 일이나 네 일이나 적당히 섞인 채로 살아가고, 약속과 규칙 따위 대충 지키고 적당히 어기며 사는 게 보통 사람이라는 것이다.

평상시 사소한 약속을 자주 어겼던 친구와는 어떤 약속도 하지 않고, 아주 중요한 약속을 딱 한 번 어긴 친구랑은 그날로 결별이었으니 약속 따위 대충 지키고 적당히 어기고 사는 사람들의 세계에서 내게 친구가 별로 많지 않은 것이 당연한 것 같다. 그렇거나 말거나.

나는 타인과 관계를 맺는 과정에도 심각할 정도로 강박증을 느낀다. 누군가를 만날 때마다 나의 작은 행동이나 말에 어떤 파급이 뒤따를지 걱정하는 게 억제가 안 된다. 내가 그 사람을 불편하게 하는 건 아닌지 노심초사한다. 몇 번의 만남 후에 좀 친해졌다 싶어도 내 세치 혀가 뱉어내는 실언으로 언제 관계가 틀어질지 모른다는 불안감도 느낀다. 별생각 없이 던진 말에 상대가 불쾌해할 수 있겠다는 강박을 지울 수가 없다.

평소 타인과 관계 맺기가 힘든 것도 바로 주변에서 지적했던 까다로운 성격 때문이라는 걸 인정하지 않을 수 없다. 주변의 지적에 아랑곳하지 않았지만 시간이 지나면서 인정할 수밖에 없었고, 인정은 하지만 개선할 수는 없는 이 까다로움은 게스트하우스 주인으로서도 부적절한 캐릭터인 것 같다.

게스트하우스를 열기 전에는 타인과 가까이 지낼 일이 없었다. 어느 정도의 친분이 있지 않고서야 타인은 늘 경계와 기피의 대상이었다. 그럼에도 게스트하우스를 열고, 무리 없이 손님을 맞이할 수 있을 거라 생각했다. 마침내 도시를 떠나게 되었다는 뿌듯함과 지금까지와는 전혀 다른 삶을 시작하게 되었다는 사실에 도취되었던 것 같다. 겁도 없이 사람에 대한 호기심과 기대감이 발동되었던 것이다.

나는 두 개의 얼굴을 갖지 못한 내공 부실의 초보 장사치였다. 게스트하우스라면 그저 오는 손님에게 방을 안내하고, 가는 손님 배웅만 해주면 되는 줄 알았다. 마치 온실에서만 자라던 화초가 볕 드는 마당 한편에 내놓인 기분이랄까. 내리쬐는 햇볕을 받으며 쑥쑥 자라기만 하면 될 줄 알았다. 비바람이 뺨을 때리고, 정체 모를 벌레들이 못살게 굴고, 더운데 해가 나고 추운데 해가 지는 환경을 버텨야만 되는 그런 마당일 줄은 차마 몰랐다. 차라리 청소나 문서 작성 같은 단순하고 기계적인 일이라면 모를까 게스트하우스 주인이 적성에 안 맞는 게 확실한 것 같다.

적성에 안 맞는 것 같다고 생각하는 또 다른 이유는 평소 타인과의 관계에 있어서 일정 거리를 유지하려는 습관 때문이다. 나이를 먹어가면서도 넓어지지 않는 대인관계에 가끔 외로움에 빠져들기도 하지만 사람들과 일정 거리를 유지하는 건 누군가로부터 상처받지 않으려는 오래된 방어법이다.

타인과의 관계에 별 기대가 없어서 평소에 사람 만나는 걸 그다지 좋아하지도 않으면서 뭔 깡으로 게스트하우스를 열었는지 용기가 가상했다.

제주로 이주한 지 얼마 되지 않았을 때는 이웃과의 관계에도 의욕적이어서 방어막을 잠시 제거해 보기도 했다. 사람을 대할 때 여지없이 팍팍했던 내 인생에 변화를 줘야겠다는 생각이 들어서였다. 그러나 익숙하지 않은 행동은 역시나 좋은 결과를 가져오지 않았다.

마음속 깊이 넣어두고 들키지 말아야 할 허위와 가식, 시기와 질투. 자신을 감추는 데 능수능란하지 못한 사람들의 마음속에 똬리를 틀고 있는 그 미묘한 감정들을 어김없이 감지하며 씁쓸해지는 건 도시에서도 흔히 있는 일이었다.

세상에 허위와 가식, 시기와 질투 같은 감정이 없는 인간이 어디 있겠는가. 하지만 그런 감정들은 마음속 깊은 우물에 넣어둔 채 수면 위로 떠오르지 않도록 꾹꾹 누를 줄 알아야 한다.

상처를 던져 주던 도시를 공유하는 것만으로 충분히 마음을 나눌 수 있는 관계가 될 거라 기대했다. 그렇지만 여기 제주도 타인에 대한 선호와 취향이 엄연히 존재하는 곳이었고, 아무리 큰 밥상이라도 누군가의 숟가락이 얹어지는 게 반갑지 않은 건 도시와 별반 다르지 않은 또 다른 삶의 현장이었다.

안 하던 짓 하면 금방 죽는단다. 원래 살던 대로 살기로 했다. 가끔 외로워도 사람들과 일정 거리를 유지하는 게 속 편하다. 타인에 대한 선호와 취향을 무시하고 관계의 확장에만 몰입하지 않겠다는 것이다. 결코 자신의 민낯을 보여줄 수 없는 사람일지라도 그 사람이 다가오는 걸 거부하면 무례한 인간이 되어 버린다는 사실을 두려워하지 않겠다는 것이다. 그건 인맥이 인간성의 척도라는 강박을 갖지 않겠다는 것이다. 결코 대인기피의 증상이 아니다.

본래 생긴 대로 살자고 작정했더라도 게스트하우스 손님에게까지 거리감을 둘 순 없다. 까칠하고 불친절한 게스트하우스로 소문나면 생계에 문제가 생길지도 모른다. 하지만 나를 아랫사람처럼 취급하거나, 소소한 물품을 훔쳐가며 삐뚤어진 근검절약 정신을 발휘하거나, 아무 데나 담배 꽁초나 쓰레기를 투척하거나, 동종 업계 진출 계획하에 자신의 정체를 숨기고 위장 숙박을 하는 손님을 향해서는 미소 한 번 지어주기가 참 힘들다.

동종 업계 진출을 위해 영업 비밀을 캐내려고 찾아든 이는 스파이 같이 행동한다. 복장은 출장 온 직장인 같다. 눈매는 매섭고, 나에게 무슨 말을 어떻게 해야 하나 고민하는 기색이 역력하다. 여행자로서는 관심 있어 하지 않을 우리 집에 대한 사소한 것들을 궁금해하며 이것저것 물어본다. 그러면서도 굳이 자신의 정체를 밝히지 않는다. 이것저것 에둘러 어렵게 질문하지만 그 사람의 이마에는 '게스트하우스 창업을 준비하는 사람'이라고 떡하니 쓰여 있다.

스파이 짓을 할 정도로 대단한 비밀도 아니기에 속 시원히 말해주려 해도 정체를 숨긴 채 슬쩍 떠보려는 사람에게 이것저것 설명할 필요를 못 느낀다.

제주에 정착해 게스트하우스를 열고 싶다고 당당히 밝히는 사람도 있다. 한 달에 얼마나 버냐는 둥, 이거 차리는 데 돈이 얼마나 들었냐는 둥 질문을 던진다. 아무렇지 않게 직설적이고 무례한 질문을 하는 그 사람의 정신세계는 어떻게 생겨먹었는지 참으로 궁금하다. 물론 나는 아무것도 답해 주지 않는다.

게스트하우스를 운영하며 경험하게 될 무례함의 끝은 과연 어디까지일까?

진정한 장사꾼이 되려면 나는 아직 멀었다. 아무리 소수라도 이런 손님을 겪고 나면 감정 조절이 되지 않아 며칠 동안 흥분해서 씩씩거린다. 그때의 스트레스는 갤포스로 잦아드는 쓰린 속의 몹쓸 위산보다 더 강한 것 같다. 좋은 손님들에 대한 좋은 기억으로 버텨낼 뿐이다.

이기적인 행동으로 삐뚤어진 자기애를 과시하는 손님만 있다면 진작 게스트하우스를 때려치웠을 것이다. 다행히도 배려가 몸에 배어 있고 작게나마 미소 지어 주는 사람들이 대부분이라 이 일을 계속 해나갈 수 있다.

여행을 좋아하고 자주 하는 사람들은 분명 자아가 강해 보인다. 여행을 통해 아름다워지려는 사람을 만나다 보면 자아는 이타성의 기반이 됨을 느낀다. 그들에게서 남을 배려하는 습관이 배어 있음을 자주 발견하기 때문이다.

적성에 안 맞네! 힘들어서 못하겠네! 10년 동안 참고 다닌 회사 생활과 지금이 뭐가 다른지 모르겠다고 투덜대면서도 이 일을 접고 싶지는 않다. 그랬다가는 사람에 대한 실망만을 간직하게 될 것이다. 절대 그렇게 되고 싶지 않다. 친절과 배려가 몸에 밴 좋은 사람이 훨씬 많다는 걸 재차 확인하고 사람에 대한 기대와 믿음의 끈을 끝까지 놓고 싶지 않다.

그러기 위해서는 사소한 것에 상처받지 않는 억척스럽고 꿋꿋한 진정 내공 깊은 장사꾼이 되어야 할 텐데.

친구나 손님들에게 제주에 살아서 좋으냐는 질문을 자주 듣는다. 물론 좋다. 회사를 안 다녀서 너무너무 좋다. 게스트하우스 일이 힘들어도, 가끔 찾아오는 무례한 손님 때문에 스트레스를 받아도, 이 섬의 혹독한 비바람에 질릴 때가 있어도 제주가 좋다고 말할 수 있는 건 회사를 안 다녀서 그렇다는 것이 절대적인 이유다.

자칫했다가는 성추행범으로 오인받을지 모를 위험에 노출되어 두 손을 오므려야 했던 출퇴근 지옥철, 엉덩이를 들썩거리며 언제 퇴근할지 눈치 보던 아슬아슬한 타이밍 전쟁, 고기 못 먹어서 죽은 조상이라도 있어야 두 손 들고 반길 회식이 없어서 좋다. 무엇보다 아직도 조선시대의 양천제에 귀의하신 알량한 갑의 횡포가 이곳엔 없다.

제주의 자연 풍경? 나에게 그건 김치 같은 것이다. 없어도 밥 먹는 데 별 지장이 없고, 그래도 없으면 좀 아쉽고, 있다고 해서 화려한 밥상이 되는 것도 아닌 그런 김치 말이다. 소중히 해야 할 가치가 없다는 말이 아니다. 늘 가까이 있지만 없어져도 처음에는 그 빈자리를 모르다가 시간이 지나서야 문제의 심각성을 알게 되는 뭐 그런 것이다.

분명 제주의 눈부신 풍경은 평소 봐오던 육지와는 차원이 다르다. 그 풍경에 취해 제주에 정착할 것을 결심했다고 해도 과언은 아니다. 그렇지만 그 어떤 것도 절대적 가치의 산물이 될 수 없듯이 보는 이의 눈과 마음에 달린 건 제주의 풍경도 마찬가지일 것이다.

손이 닿지도 않는 등줄기에 흐르는 땀을 참아가며 악착같이 걸었던 올레길을 무더운 날에 다시 걸어 보라면 그건 다시 못하겠다. 살포시 눈이 내려앉은 모습이 마치 쑥버무리 같은 풍경의 당근밭에 감동해 눈물을 훔쳤던 여행객이었지만, 이제는 그런 풍경 보겠다고 한겨울의 매서운 칼바람을 버티며 들판에 설 자신이 없다.

제주 정착 2년 차.

육지와는 차원이 다른 제주의 풍경들에 이제는 익숙해져 버렸다.

시골에 살고 있는 주민으로서 시급하게 필요한 건 도리어 도시 문물의 편의시설이다. 읍내에 프랜차이즈 빵집이 생겼으면 좋겠고, 대형마트가 입점하면 좋겠다는 생각이 간절하다. 춥고 더워서 운동하기도 힘든데 읍내에 고급 헬스클럽이라도 생기면 얼마나 좋을까.

우리 집 같은 2인 가정은 반찬을 해먹는 것보다 사 먹는 게 경제적이란다.

뉴스에 나왔다. 하지만 이 시골 읍내에서는 맛있는 반찬집을 찾을 수 없고, 그나마 오일장에 있는 반찬집을 가도 재료가 거의 해산물 아니면 마른 반찬이다. 종류가 다양하지 못해서 사먹다 보면 금방 지겨워진다. 그래서 우리는 어쩔 수 없이 2인분을 만들고, 남은 재료들을 냉장고에 쌓아두는 비경제적인 수고를 하고 있는 것이다.

대형마트가 생기면 얼마나 좋을까.

오래전 직장인 시절, 팀의 막내였던 나는 중차대한 임무를 맡았다. 점심시간이 되면 오늘의 메뉴를 정해 선배들에게 제안하는 일이었다. 사무실이 밀집해 있는 도심의 식당들에서 고를 수 있는 메뉴라 봐야 김치찌개, 된장찌개, 수제비, 부대찌개 등등 별다른 것도 없었다. 그 별다르지 않은 뻔한 것들 중에서 하나를 골라야 하는 점심 메뉴 고민은 팀의 막내에게 떠넘겨야 할 만큼 귀찮고 어려운 것이었다. 11시 50분부터 시작되는 "오늘은 뭐 먹지?" 고민은 직장 생활을 해본 사람이라면 다 이해할 것이다. 사내에 지하식당이 있었던 사람은 빼고.

12시쯤 사무실을 나서며 오늘은 뭐 먹을지 고민조차 하고 싶지 않은 팀원

들은 "오늘은 뭐 먹나?"라고 나에게 질문을 하고 "오늘은 XX을 먹읍시다"라고
답하면, "다른 건 없어?"라고 되묻는 경우가 일상다반사였다.

제안하는 메뉴들은 왜 그리들 호불호가 갈리던지! 메뉴 제안과 함께 팀장의
취향을 적극 반영해 팀원들 간의 의견을 중재해야 하는 역할도 막내가 맡아야
했다.

얼마 후 우리 팀에 한 명의 신입사원이 입사하며 나는 매일 반복되는 똑같
은 고민에서 탈출할 수 있었다. 점심 메뉴 제안이라는 중차대한 임무로부터의
해방감은 두둑한 연말 보너스보다 더 큰 기쁨이었다.

12시쯤 사무실을 나서며 나는 새로 들어온 막내에게 "오늘 뭐 먹나?"라고
묻고, "오늘은 ××를 먹읍시다"라고 답하면, "그거 말고 다른 건 없어?"라고 했
다.

손님들이 빠져나간 게스트하우스 청소를 마치고 나면 기진맥진한 상태가
된다. 밥상 차릴 힘도 없고 식욕도 없다.

점심은 보통 읍내의 식당에서 대충 때우게 되는데, 뭘 먹을지 매일 고민하는
건 그때 그 시절 11시 50분과 똑같다. 옥돔구이와 회덮밥, 매운탕, 성게국, 알

탕도 어쩌다가 한번 먹고 싶은 것들이다. 먹을 게 그것 밖에 없다는 건 참 슬픈 일이다.

매일 고민하다 보니 도시 음식이 더 간절해진다. 대형 프랜차이즈 양식당까지는 아니더라도 읍내에 김밥천국이라도 있으면 얼마나 좋을까! MSG 덩어리의 그 흔한 푸드코트 음식도 그리운 걸 보면 매일 반복되는 메뉴 고민에서 나를 구원해줄 건 진정 대형마트뿐인가?

제주에 정착하고 싶지만 뭐 먹고 살지 고민 중이라면 우리 집 앞에다 김밥천국을 차리면 된다. 단언한다. 장사 잘될 것이다.

제주 로망?

여자는 텃밭? 남자는 목공?

여자는 텃밭, 남자는 목공.

많은 사람들의 제주 로망 중 하나다.

전원생활 하면 텃밭을 가꾸고, 거기서 나온 채소들로 장아찌를 담그고, 샐러드도 만들어 먹는 그런 삶을 상상하는 사람이 대부분일 것이다. 하지만 워니는 장아찌를 별로 안 좋아하고, 나는 농부의 아들로서 1평 남짓의 조그만 텃밭도 가꾸고 싶은 마음이 없다. 농사일이라면 너무 지긋지긋해서 나에게 천만 평의 땅이 있다 해도 거기를 주차장으로 쓰면 모를까 어떤 농작물을 심지는 않을 것 같다. 워니도 이주 첫해에 재미삼아 몇 개 심어 본 상추에서 벌레가 끓는 것을 보고 다시 텃밭은 가꾸지 않겠다고 선언한 터이니, 텃밭은 우리의 전원생활과는 무관한 것이다.

목공도 나에게는 텃밭과 비슷하다.

대개 남자의 취미라는 건 가사에 별 도움이 안 되는 경우가 많다. 시도 때도 없이 강림하는 지름신이 가정경제를 흔들고, 작렬하는 허세에 목적 또한 불분명해 같이 사는 아내로서는 도저히 남편의 취미를 지지하고 응원할 수 없는 것이 대다수다.

제주의 시골에 사는 남자에게 목공은 아내의 지지와 응원을 받을 수 있는 거의 유일한 '남자의 취미'로서, 목공기술을 보유하고 있다는 건 좋은 배우자의 조건 중 하나를 충족하는 것이기도 하다. 인터넷에서 파는 대부분의 가구는 제주도로 배송이 거의 안되기 때문이다. 인터넷에서 집의 구조와 분위기에 딱 맞는 가구를 골라봤자 결재버튼을 누르기 직전에 어김없이 이런 문구가 눈에 뜬다.

'도서산간지역 배송불가'

시골집에서 살다보면 가구뿐만 아니라 작게는 화분받침부터 크게는 대문까지 이것저것 필요한 게 참 많다. 대부분 시장이나 인터넷에서는 팔지 않고, 팔더라도 별로 마음에 들지 않거나 마음에 들면 너무 비싸다.

전문 목수를 고용하려면 비용이 더 어마어마하기에 목공 작업을 할 줄 아는 남자가 집안에 꼭 필요하다. 목공을 취미로 갖고 싶었지만 도시의 아파트에선 엄두를 못 냈던 사람이라면 시골살이를 통해서 로망을 만끽할 수 있을 것이다.

제주에 살면 취미로 목공을 하며 필요한 걸 직접 만들어서 참 좋겠다는 말을 자주 듣는다. 제주로 이주한 남자들 대부분이 그렇긴 하지만 모두 다 그럴 거라는 건 오해다. 다른 사람들은 몰라도 내가 제주에서 제일 하기 싫은 일 중 하나가 목공 작업이다.

가구란 모름지기 기능성을 초월하여 디자인적 완성도까지 갖추어야 작품으로서의 가치가 발하는 것인데 나무로 뚝딱 만들면 그게 어디 가구인가? 기능성만을 강조한 가구는 진정한 가구가 아니다.

디자인은 고사하고 제대로 기능도 못할 물건이라도 뭔가 만들어야 할 일이 자주 생긴다. 소질도 없고 흥미도 없이 오로지 필요에 의한 작업의 결과는 항상 참담하다. 불청객이 하도 들락거려서 어쩔 수 없이 만든 대문은 도둑조차 열기 힘들 지경이고, 조그만 야외 데크는 수평이 안 맞아서 한쪽 모퉁이가 삐거덕거리고, 주차장의 작은 울타리는 목장 같다는 비아냥거림을 들어야 했다.

하기도 싫고 해서는 안 되는 참담한 결과의 목공 작업 일거리는 끊임이 없다. 그럴 때마다 전문 목수를 고용하고 싶지만 우리의 통장은 언제나 홀쭉하다. 절대로 목공이 취미가 될 수 없지만 이 시골집을 벗어나지 않는 한 톱과 망치는 영원히 놓을 수 없을 것 같다.

한가하게 책이나 읽으며 유유자적 시간을 보낸다는 전원생활은 대체 어느 동네의 전원생활을 말하는 것인지 궁금할 따름이다.

비수기, 불안의 시작

예고 없이 찾아온 휴일은 겨울의 선물

해야 할 일도, 하고 싶은 일도 없는 여유로운 오후.

젖은 종이처럼 온몸이 나른해진다. 축 처지는 몸을 세우기 위해 커피를 내려 창가에 앉아 바깥을 보고 있노라니 이중창의 유리가 차단한 바깥공기가 얼마나 냉혹한지 느껴진다.

마당에 일렬로 세워놓은 화분의 상당수가 대열을 이탈해 여기저기 뒹굴고, 전봇대에 매달려 있는 전선들은 곧 끊길 듯 세차게 흔들린다. 허리와 목과 무릎을 굽혀 바람에 맞서 힘겹게 걸음을 옮기는 할머니들을 보면 바깥바람이 얼마나 거센지 알겠다. 지금 창밖으로 펼쳐진 제주의 풍경은 온통 바람이다.

오늘은 손님이 한 명도 없다. 예약이 한 건도 없는 날, 의도하지 않은 휴일을 맞았다. 장사가 되지 않아 걱정스럽기보다 매서운 바람이 만든 바깥 풍경을 바라보는 방 안이 너무도 안락하다. 방 한 칸 내달라고 갑자기 손님이 나타나도 돌려보내고 싶을 만큼 그 누구에게도 방해받고 싶지 않다.

손님이 오면 돈을 받지만, 손님이 안 오면 시간이 생긴다. 해야 할 일도, 하고 싶은 일도 없는 여유로운 오후이기에 아무것도 안 하고 이대로 시간을 보내면 된다. 이것은 겨울이 주는 선물이다.

가을바람이 초원의 억새를 미치도록 흔들어대는 동안에도 제주에는 여행자들의 발길이 끊이지 않는다. 거센 바람을 이겨내고 얇은 가지에 악착같이 붙어 있던 억새꽃이 솜털처럼 활짝 피면 그제야 가을바람은 제 역할을 다한 듯 매서운 찬바람으로 변한다. 겨울이 왔음을 알리는 첫 번째 신호이자 여행자의 발길이 뚝 끊기는 비수기가 돌입했음을 예고하는 것이다.

제주의 기온은 영하로 떨어지는 경우가 별로없다. 섭씨 0도 이하로는 잘 내려가지 않는 온기 가득한 제주에서는 한겨울에도 수도관이 동파할 걱정을 안한다. 하지만 이 남단의 섬을 사방으로 둘러싼 바닷바람은 체감온도라는 비과학적인 수치로 변환되어 금세 온기를 앗아가 버린다.

뼛속까지 파고드는 것 같은 제주의 찬바람은 매섭기가 상상 초월이다. 체감온도는 서울에서 덜덜 떨며 서 있던 퇴근길 버스정류장보다 몇 배나 차갑다. 바다가 육지라면 이 섬의 겨울은 얼마나 포근하고 잠잠할까.

이런 날씨에 여행한답시고 산바람, 바닷바람 쐬고 다니고 싶다면 쌍화탕과 아스피린을 꼭 챙기라고 말해주고 싶다. 약국을 못 찾았다면 고춧가루 탄 소주로라도 대체하길 바란다.

여행자들이 체감하는 것과 같이 제주의 겨울바람이 매섭기는 우리도 마찬가지다. 혹독했던 지난해 겨울을 기억하고 있는 우리는 웬만하면 외출을 삼간다. 동면을 취하듯 집에만 콕 처박혀서 제주에서의 두 번째 겨울을 나고 있다.

뚝 끊긴 손님을 기다리는 게스트하우스의 빈방은 오늘도 싸늘히 식어 있다. 그걸 바라보는 우리는 따뜻한 집에 들어앉아 있어도 마음에는 찬바람이 분다. 기다려도 손님은 오지 않고 예약 문의는 뚝 끊어진 이때 생계 걱정을 안 할 수 없는 우리의 마음속에는 매서운 바람이 업고 온 공기보다 더 차가운 냉기가 돌 수밖에 없다.

별다른 노력 없이도 알아서 찾아와 주는 손님들로 정신없던 성수기와는 확연히 다른 이 시기에 제주의 게스트하우스 주인이라면 우리와 별반 다르지 않은 마음일 것 같다.

이주 초기의 많은 사람들이 가졌을 마음가짐, 여유가 중요하지 돈은 그렇게 중요하지 않다던 그 초심과 생계 걱정을 안 할 수 없는 현실 사이에서 갈팡질팡하며 의연하거나 혹은 안절부절못하거나 할 것이다.

아무리 경쟁이 치열한 업종이라도 번창하는 상위 10%는 항상 존재한다는 것이 시장의 섭리다. 물론 제주의 숙박업계에도 해당되는 것 같다. 한겨울에도 손님맞이에 바쁜 몇몇 게스트하우스의 영업 방식이 궁금하다. 스파이라도 고용해서 그 비밀을 캐내고 싶다만 어디 싸고 믿을 만한 스파이가 있어야 말이지.

이리저리 잔머리를 굴려 봐도 번창하는 상위 10%의 무리에 낄 수 있을 만큼 나는 장사 수완이 뛰어나지는 않다. 일 년 내내 치열하게 장사할 정도로 부지런하지도 않다.

비수기를 핑계 삼아 일 년에 두어 달 정도는 좀 여유를 즐겨도 좋겠다는 생각이 든다. 그래서 오지도 않을 손님 기다리느라 안절부절못하기보다는 차라리 포기할 건 깔끔하게 포기하기로 했다. 그게 오픈 후 두 번째 비수기를 맞이하는 게스트하우스 주인으로서 속편한 마음가짐이다. 체념이 빠르면 속이 편한 법이다.

생계 걱정을 잊어버린 만성 백수가 아니고서야 전기장판 위에 누워서 TV나 보며 키득거릴 수 있는 평일 낮 시간은 아무나 가질 수 있는 특권이 아니다. 손님 있으면 돈 벌어서 좋고, 손님 없으면 놀아서 좋다는 초연한 마음가짐만이 축복의 시간을 내려 주시리라.

워니 속은 나만큼 편하지는 않나 보다. 제주로 이주하는 걸 한사코 반대했던 워니가 어쩔 수 없이 나를 따라 제주행을 결심했던 이유 중에는 윤택하지는 않더라도 '열심히 살면서 제대로 벌어먹고는 살겠지!'라는 믿음이 한 톨 정도는 있어서였다고 한다. 그런데 지금 와서 보니 먹고사는 문제에 이렇게나 자유분방한 인간을 남편이라고 믿은 게 잘못이란다.

추워서 손님은 줄고, 새로 오픈한 게스트하우스는 늘어난 그야말로 공급과 수요가 불균형한 환경에서 내가 할 수 있는 일이 뭐냔 말이지. 세속적 물욕과는 다소 동떨어진 자유를 누리고 산다는 내 허세를 스스로 부정하며 소셜커머스에 반값 쿠폰을 뿌리고 싶지도 않으니 비수기를 무사히 나는 게 큰일이 아닐 수 없다.

말이 나와서 하는 말인데, 지금 이 시간에도 게스트하우스를 열기 위해 여기 시골 마을은 구석구석이 공사 중이다. 다들 제주에 살고 싶어서 지긋지긋한 도시를 탈출한 처지가 나와 별반 다르지 않을 것이다. 내가 하는 일을 남은 못할 이유는 없다만 한 달 벌어 한 달 먹고사는 사람으로서 같은 지역에 동일 업종이 이렇게나 많이 생겨도 되나 걱정이 되는 건 어쩔 수 없다.

동일 업종의 사업장이 고루 분포되어 있는 이 지역에 내 사업장도 하나 보태기 위해서 지금도 공사 현장에서 좌충우돌 중인 예비 게스트하우스 주인들도 나와 비슷한 마음이리라. 식구는 많고 밥상은 좁고 먹거리는 부족한 게 성장기에 접어든 시장의 미래임은 분명한 것. 푼돈 벌어서 먹고사는 게스트하우스 업계도 마찬가지다.

이만큼이라도 벌어먹고 사는 내 밥그릇이 걱정이고, 이제는 비싸져버린 부동산 때문에 많은 사람들의 제주 정착의 꿈이 좌절될까 걱정이고, 도시처럼 또다시 생존 경쟁이 반복될까 걱정이다.

자칫하면 제 밥벌이가 위협당할지도 모르는 곳, 즉 삶이 있는 곳이라면 경쟁이라는 건 필연적일 수밖에 없을 것이다. 도시의 전유물 같았던 그 치열한 경쟁이라는 게 제주에서 다시 재현된다면 그때는 나도 이 섬을 떠나야 할까? 삶의 무게감 없이 낭만만 가득한 곳이라 여기며 오래도록 이 섬에서 살아가는 건 불가능한 걸까?

한가롭게 비수기를 보내다 보니 한 푼이라도 더 벌어서 지금보다는 윤택해져야 한다는 미래 설계를 망각하게 된다. 마약처럼 휴일에 중독되어 가고 있다. 앞서 했던 걱정들이 어쩌면 별거 아닐지도 모르겠다는 생각도 든다.

비슷한 처지에, 비슷한 자본으로, 비슷한 규모로 각자의 방식으로 벌어먹고 사는 건 서로의 밥벌이에 그렇게 위협이 되지 않을지도 모르겠다. 서민의 밥벌이를 위협하는 건 늘 대형 자본이다. 동네 빵집에 이어 순대, 떡볶이, 반찬 가게까지 집어삼켜 버리려는 치졸한 그들. 신사동 가로수길 일대의 개인 카페들을 상권 밖으로 밀어내버린 대형 자본들이 이 시골 마을에까지 손을 뻗으리라고는 생각하고 싶지 않다.

너무나 당연한 시장의 원리를 받아들이고 그 속에 섞여서 살아가야 할지, 또다시 경쟁 없는 곳을 찾아 어딘가로 도피해야 할지는 지켜봐야 할 일이다. 그보다 앞선 걱정은 워니다. 한사코 제주에서 살기 싫다는 워니를 설득하기 위해 "제주에서 이 년만 살아보고 아니다 싶으면 다시 돌아가자"고 했던 약속. 그 약속의 시간이 이제 다가오고 있다. 워니는 곧 나보고 짐을 싸라고 할 것 같다.

성산일출봉 밑에 '방 있어요' 피켓이라도 들고 서 있어야 하나?

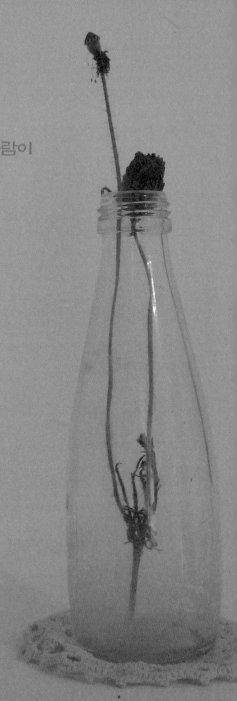

불편한 식사

안면인식장애 증상이 있는 사람이

식당에 가면

등 뒤의 테이블에 앉은 사람

왠지 아는 사람 같은데 긴가민가하다.

먼저 아는 척 인사를 건넬까?

나를 못 알아보면 어떡하지?

아는 사람이 아니면 또 어떡하지?

끝까지 모른 척할까?

아, 주문을 하려면

뒤돌아서 "여기요!" 해야 되는데.

주인이 주문을 받으러 올 때까지 하염없이 기다린다.

어렵게 주문한 밥을 먹으면서도 등 뒤가 신경 쓰인다.

다 먹고 나갈 땐 어떡하지?

참 불편한 식사다.

라디오 할머니

기술은 왜 노인을 배려하지 않는가

우리 집에는 대문이 없다. 오월의 우뭇가사리 전쟁 때 담장을 허물고 마당에 주차장을 만들었기 때문이다. 허술하나마 대문이 있는 것과 없는 것은 천지차이다. 특히 우리 집처럼 마을 입구에 위치해 있는 집은 더더욱 그렇다. 좋은 말씀 전하러 왔다는 멀쑥한 차림의 사람들과 에너지 설비 영업사원 등 불청객들은 대문 없이 뻥 뚫려 있는 우리 집을 시도 때도 없이 들어왔다. 속 편히 낮잠조차 잘 수 없는 우리는 신경이 잔뜩 예민해졌다. 무단 침입자들을 쫓아내느라 바빴고, 그럴 때마다 매번 그들에게 불같이 화를 냈다.

지친 우리는 주차장 끝에서 끝까지 밧줄을 길게 쳤다. 외부인에게 제시하는 심리적 저지선으로 제발 이 선을 넘어 들어오지 말라는 집주인의 간곡한 부탁 같은 것이었다. 그 후 거짓말처럼 불청객이 없어졌다. 밧줄 바깥에서 우리 집을 멀뚱히 쳐다만 볼 뿐 마당으로 들어오지는 않았다.

어느 날, 청소하느라 밧줄을 잠시 걷어 놓은 사이에 할머니 한 분이 들어오셨다. 마을에서 가끔 뵙던 할머니였는데 고장 난 라디오를 고쳐달라는 게 용건이었다. '밧줄이 없었다면 진작 찾아와서 부탁을 하셨을 텐데!'라는 생각에 죄송한 마음이 들었다. 밧줄이 걷힌 걸 보고 급히 라디오를 챙겨 오시는 동안 얼마나 조바심이 났을까 하는 마음에 또 죄송했다.

근데 내가 라디오를 잘 고치게 생겼나? 내가 좀 스마트해 보이기는 하지만. 이 동네에 젊은 것이라 봐야 나밖에 없다는 것이 진짜 이유일 것이다. 사실 특별한 기대 없이 안 되면 말자는 생각으로 왔을지도 모른다.

라디오는 간단히 고쳐졌다. 아니 그 라디오는 고장 난 것이 아니었다. 충전이 되어 있지 않았을 뿐이었다. 충전용 케이블을 꽂고 10분 후에 전원 버튼을 누르니 라디오는 정상적으로 작동을 했다. 내게는 장난감과도 같은 그 라디오가 할머니에게는 충전기를 꽂는 방향조차 알기 힘든 첨단 기기였을 것이다. 늙음이란 그렇게 발전이 불필요하거나 혹은 불편한 것이 아닐까. 자신이 멈춰 있는 몇십 년 전과 점점 멀어지는 세상의 발전 말이다. 할머니에게 라디오와 충전기의 사용법을 알기 쉽게 설명하고, 집에 가서 계속 충전을 하라고 일러드렸다.

지마켓이나 옥션에서 파는 싸구려 같아 보이는 그 라디오는 아마 멀리 사는 자녀가 사서 보내드린 것 같았다. 그 속에 500여 개의 트로트곡이 mp3 파일로 저장되어 있었기 때문이다.

충전기 꽂는 법을 친절히 알려드린 대가로 할머니는 김치와 감자를 한 봉지 갖다주셨다. 고장 난 걸 고쳐드린 것도 아닌데 그것을 건네받자니 나는 동네 노인을 등쳐먹은 불한당이 된 것 같았다.

　그 후, 한참이 지나도록 할머니는 찾아오지 않았다. 트로트든 라디오든 잘 듣고 계시나 보다 생각했다. 그런데 얼마 안 있어 할머니가 다시 나를 찾아오셨다.

　대문용으로 쳐 놓은 밧줄을 넘어 들어오시더니 나에게 뭔가를 건네주었다.

　"라디오가 안 돼"라며 건네준 건 다름 아닌 커다란 충전기였다. 그리고 "이건 뭔가?"라며 건네주신 건 새 라디오였다.

　무슨 이유에선지 라디오를 새로 산 것 같았다. 새 라디오에는 건전지가 안 들어 있었고, 할머니는 건전지를 가지러 다시 집에 다녀오셨다. 그 건전지를 넣어서 켜 본 라디오는 소리가 너무 작다며 다른 라디오를 가지러 또 집에 다녀오셨고, 갖고 오신 그 라디오는 충전이 안 되어 있었고, 충전기를 가지러 다시 집에 다녀오셨다. 기억할 순 없지만 그 후로도 두어 번 더 왔다 갔다 하신 것 같다. 보고 있기만 해도 숨 가쁜 할머니의 왕래를 글로 쓰고 있는 나도 숨이 차는 것 같다.

　자녀로 추정되는 라디오 구매자는 할머니에게 얼마나 꼼꼼히 사용법을 알려드렸을까. 엄선한 500여 곡의 트로트 파일이 들어 있는 메모리칩만 보아도 그 정성이 느껴진다. 그러나 현실은 이렇게 이해를 못하셨거나 아니면 이해를 하시고도 금방 잊어버리신 것이다.

기술은 왜 노인을 배려하지 않는가. 새는 발음도 감지할 수 있는 음성 인식 인터페이스와 영원히 줄어들지 않는 건전지가 있다면, 더 나아가 뇌파를 읽어서 자신이 듣고 싶은 곡이 자동으로 재생된다면 노인들의 IT 기기 사용이 한결 편할 텐데.

어쨌든 두 개의 라디오에 각각 다른 라디오 채널을 설정하고 기능별 버튼마다 색깔이 다른 네임펜으로 칠해드렸다. 집으로 돌아간 할머니는 이번에는 감자와 양파를 한 봉지 갖고 오셨다. 이번에도 나는 노인을 등쳐먹은 불한당이 된 것 같았다.

라디오에 트로트 음악을 저장해서 어머니에게 보내드린 자녀분의 마음이 짠하게 느껴졌다. 늙으신 어머니에게 이런저런 사용법을 알려드릴 때의 답답함과 자신이 보내드린 라디오를 잘 사용하고 계실지 걱정할 그 자녀의 마음이 더없이 아름답게도 느껴졌다.

늙는다는 것은 그렇게 세상의 속도에 뒤떨어지는 것이고, 그것은 제 속도로 살고 있는 젊은이에게는 답답한 것이고, 세상의 속도를 늦출 수 없으니 자신만이라도 옆에서 맞춰드리는 것이 자식이라는 생각에 눈시울이 붉어졌다.

고향에 계신 부모님이 유독 생각나는 밤이었다. 그리고 그날 인터넷을 하다가 이런 기사를 보게 되었다.

'효도 라디오, 저작권 불법 복제 심각'

최근 중, 노년층 사이에서 인기를 끌고 있는 이른바 '효도 라디오'에 삽입되는 메모리칩에는 수백 곡의 불법 복제된 음원이 들어 있는 것으로 밝혀졌다.

성수기는 음모다

삶도 여행처럼 게을러질 수 있다면

늦은 봄 어느 날, 블로그 게시판에 반가운 메시지가 떴다.

"안녕하세요. 사장님! 지난 여름에 거기서 묵었었죠. 올 여름에도 가려고요."

성수기 예약이 시작되자마자 기다렸다는 듯이 예약 문의를 한 반가운 손님이었다. 게스트하우스를 연 첫해 여름, 그러니까 무시무시한 태풍이 세 개나 휩쓸고 갔던 그해 여름, 그러니까 세 개의 태풍 중 가장 악명 높았던 볼라벤의 한복판에서 우리 집 침대에 5일이나 몸을 뉘였다 간 손님이었다.

서로에게 익숙한 듯 무심했다가도 금세 다정하고 애틋해하던, 당최 연차를 알 수 없는 그 커플은 하필 볼라벤이 오는 날 제주행이 계획되어 있었다. 볼라벤은 그들이 탄 비행기의 제주공항 착륙을 허락지 않을 것이었다. 숙박이든 항공권이든 모조리 예약을 취소하고, 집에서 파전이나 부쳐 먹으며 뉴스를 통해 태풍이 휩쓸고 간 제주를 감상하며 휴가를 보내야 할 터였다.

하지만 그들은 예약 취소가 빈발하던 태풍 전날에 방을 추가로 예약하고 태풍보다 하루 일찍 제주로 내려와 버렸다. 그리고 그들은 태풍이 지나가길 기다렸다가 태풍 피해의 후유증이 채 가시지도 않은 제주를 여행하고 올라갔다. 그 후 일 년이 지나서 다시 제주를 찾는 것이었다.

일주일 뒤의 일정도 확신할 수 없는 것이 대부분의 바쁜 직장인들의 현실이다. 성수기 두어 달 전부터 시작되는 항공·숙박 예약 전쟁에 합류하기 위해서는 뿌연 안개 같은 불확실한 미래의 어느 날 중에서 휴가 날짜를 정해야 한다. 그러기 위해서는 팀장과 날짜가 겹치지 않게 눈치를 봐야 한다. 부부나 연인들은 둘이 날짜를 맞추기 위해 무던히도 애를 쓸 것이다. 그렇게 잡은 휴가는 갑자기 등장한 태풍에게 내주기에는 너무나 소중하고 애달프다. 차라리 숙소에서 빈둥거릴지언정 제주에서 시간을 보냈다는 보상이라도 있어야만 전쟁터 같은 직장에서 또 일 년을 버틸 수 있을 것이다.

휴가철이 되면 9시 뉴스에서는 연일 비슷한 장면들이 반복된다. 주차장이 되어버린 고속도로, 무려 헬기까지 동원해 내려다봐도 끝을 알 수 없는 차량 행렬. 헬기에서 바라본 시커먼 점들만 떠 있는 거대 인파의 해수욕장. 그런 장면들을 보며 다들 휴가를 위해서 저런 혼잡쯤은 감수하는구나 생각했다. 휴가를 마치고 돌아온 사람들의 시커멓게 그을린 팔과 목과 얼굴은 휴가를 즐기기 위해 무더위를 이겨낸 훈장과도 같았다. 아, 휴가는 전쟁이구나!

여름휴가를 떠난 사람들로 썰렁한, 시원하게 에어컨 돌아가는 소리만 들리던 사무실. 가려진 파티션 위로 뽕망치를 기다리는 두더지처럼 머리만 솟아 있는 자리의 주인들도 이 여름이 가기 전에 휴가를 떠나기로 계획되어 있었다.

팀장도 휴가를 떠나 며칠째 자리를 비운 마당이니 칼 같은 출근 시간은 느슨해지고, 늘어졌던 퇴근 시간은 칼같이 지킬 수 있었다. 황금 같은 자유 시간을 만끽하기 위해서라도 나는 업무가 밀렸다는 핑계를 대고 매번 여름휴가를 다음 계절로 미뤘다. 제일 더운 여름에, 운이 없으면 태풍 속에서 보내야 할지도 모르는 7~8월에 휴가를 가야만 하는지 이해하지 못했다.

그렇게 여름이 지나고 가을 억새를 보기 위해, 겨울 바다를 보기 위해, 봄꽃을 보기 위해 휴가원을 내밀었다. 남들 노는 휴가철에는 회사에서 놀고, 남들다 일하는 계절에 휴가를 떠났던 나는 회사의 인력 운용의 효율성을 저해하는 정리 해고 영순위 직원이었을 것이다.

"펜잘 있어?"

"그건 진작 다 먹었지. 그러니까 밖에 나갈 때 모자 좀 쓰라니까."

제주의 여름. 거추장스러워서, 잠시 빨래만 널고 오면 되는데 뭘 싶어서 밀짚모자를 안 쓰고 마당에 나갔다가 10여 분 만에 더위를 먹은 나를 보며 워니는 한심해한다.

더위를 먹으면 어김없이 찾아오는 두통. 상비하던 펜잘이 떨어졌으니 지끈 거리는 머리통을 부여잡고 에어컨 바람 아래 누워 있을 수밖에 없다. 두통이 아주 약간이라도 사그라져야 약국에 다녀올 수 있다.

회사에서 유난히 바쁘고 스트레스를 많이 받은 날은 퇴근길 전철 안에서 어김없이 머리를 두드리는 두통과 맞닥뜨렸다. 운동을 좀 심하게 해도, 추위를 좀 타도, 더위를 좀 먹어도, 하물며 뭘 많이 먹어서 소화가 되지 않아도 머리가 아프거나 지끈거리거나 욱신거리거나 콕콕 찌르는 통증이 왔다. 맑은 정신이었던 날이 거의 없었기에 나의 도시는 언제나 희뿌연 회색이었다.

그놈의 두통 때문에 회사를 때려치우고 싶었는지, 때려치우고 싶은 회사를 만날 다니느라 머리가 아팠는지는 모르겠다. 다행히도 회사를 떠나 제주로 오자 두통이 많이 줄었다. 한겨울 추위에 맞서 싸돌아다니지만 않으면, 한여름 땡볕에 모자만 잘 쓰고 다니면 거의 맑은 정신으로 하루를 보낼 수 있다.

나에게 바다 같이 맑은 정신을 선사해 준 제주에도 식욕을 비롯해 모든 욕구를 말살시켜 버릴 만큼 무더운 여름이 찾아온다. 도로를 꽉 채운 자동차와 시커먼 아스팔트의 표면이 뱉어내는 열기로 뜨거운 도시와 달리 시골의 더위는 1억5천만 킬로미터 상공에 떠 있는 태양의 열기가 머리 위로 곧바로 쏟아지는 직사광선이다. 창 넓은 모자를 쓰지 않고 마당에서 잠시만 어슬렁거려도 지끈지끈 두통이 찾아오는 강렬한 태양 아래에서는 사람이든 식물이든 힘을 잃고 숨 쉬고 있기조차 힘이 든다.

그럼에도 한여름의 제주는 휴가나 다녀오라고 선심 쓰는 회사에 등 떠밀려 섬을 찾은 관광객들로 인산인해를 이룬다. 마당에 돗자리만 깔아도 손님이 든다는 진격의 관광 성수기인 것이다.

직원들의 업무 효율은 급격히 떨어지고 전기 사용량은 치솟으니 차라리 휴가나 다녀오라는 회사의 입장은 충분히 이해한다. 하지만 이 무더위에 바삐 몸을 움직여 땀 흘리며 휴가를 즐겨야 하는 직장인들이 측은하게 느껴진다.

성수기를 맞은 제주에는 관광객이 넘쳐나고 숙박 업소는 턱없이 부족하다. 예약 전쟁이 시작되는 두어 달 전에 대부분 숙박 업소의 객실 예약률은 100%에 육박한다. 나 같은 게스트하우스 주인에게 성수기는 손님을 유치하는 것이 손 안 대고 코 풀고, 누워서 떡 먹기보다 쉬운 계절이다.

하지만 아침부터 밤 12시까지 걸려오는 예약 문의 전화에 시달리는 악몽의 시기이기도 하다. 초조하고 다급한 목소리로 숙소를 찾는 전화가 시도 때도 없으니 여유 있게 밥 한 그릇 뜨기도 힘들다. 화장실에서도, 샤워할 때도, 낮잠 자는 동안에도 끊임없이 울리는 전화벨 소리에 노이로제에 걸릴 지경이다.

성수기 관광객들은 전쟁 같이 여행을 준비하고, 전쟁 같이 바쁜 여행을 하고, 다시 전쟁터 같은 직장으로 돌아간다. 우리도 그들과 함께 전쟁 같은 여름을 보내고 나면 다크서클이 광대뼈를 뒤덮는다.

성수기가 지나간 흔적은 처참하다. 따르릉 따르릉 환청이 들릴 만큼 정신이 피폐해지고, 약한 병균도 이겨내지 못할 만큼 병약해지며, 가을 겨울에 열심히 찌웠던 얼굴 면적의 반이 증발해 버린다. 나뿐 아니라 온동네 게스트하우스 주인들의 얼굴이 하나같이 홀쭉해져 있으니 성수기 게스트하우스 주인 체험 다이어트 프로그램을 만들면 효과는 최고일 것 같다.

여름을 피한 사람들의 여행은 연중행사 같은 한 번의 여행에 모든 예산과 에너지를 쏟아붓는 성수기 관광과는 좀 다르다. 비 오면 비 오는 대로 할 일이 있고, 바람 불면 바람 부는 대로 갈 데가 있다. 화창한 날이라고 특별히 바삐 움직이지도 않는다.

그들의 여행은 여유롭고 게으르다. 그래서 그들과 함께 보내는 계절은 우리도 덩달아 여유롭고 게을러진다.

여름에만 휴가를 갈 수 밖에 없는 대부분의 성수기 관광객들은 정부와 기업이 작당한 거대한 음모의 희생양일지도 모른다. 전쟁과도 같은 성수기라는 것이 어쩌면 사람들이 여유 있는 여행을 통해 더없이 아름다워지는 자신을 발견하는 걸 막기 위함은 아닐까? 열심히 일만 하며 다른 세계에는 눈을 뜨지 못하도록 하기 위한 기업의 치사한 계략과 정부의 동조가 만들어낸 합작품이 아닐까?

노동 집약적 산업이 성장시킨 이 나라 경제의 달콤했던 추억을 잊지 않고 있는 기업과 정부는 그 추억이 영원하길 바라며, 일꾼들을 허락된 기간 외에는 놀지 못하게 하려고 성수기를 만들었는지도 모른다.

사계절 내내 팀장에게 내미는 휴가원이 민망하고 눈치 보이는 게 아니라면, 그래서 원할 때 아무 때나 휴가를 떠날 수 있다면, 그래서 모두가 좀 여유롭고 게으른 여행을 한다면 삶도 여행처럼 그렇게 여유롭고 게을러질 수 있을까?

IMF를 기억하는가? 4~50대 기성세대들에게 계획에도 없던 조기 은퇴의 충격을 안겨 줬으며, 앞으로도 들어갈 돈이 산더미인 자녀들의 교육비에 이미 상당량의 재산을 낭비한 과거는 되돌릴 수 없었다. 가장의 무능력은 원죄가 되어 많은 가정이 붕괴 했고 이혼율이 높아졌다.

전국의 수십만 대학 졸업 예정자들은 또 어땠는가? 대학생이라는 특권 같던 신분을 잃고 나면 학생도 아니고 사회인도 아닌 무적자로 살아갈 수밖에 없는 현실의 늪에서 허우적댔다.

내가 대학을 졸업했던 2001년은 IMF 탈출을 위한 대국민 금 모으기 운동이 동력을 잃어가고 있었다. 나라님이 싸질러 놓은 똥을 뒤집어 쓴 국민들은 그 똥 치우겠다고 금 모으기 운동을 하며 장롱 속 돌반지까지 들고 나왔는데, 정작 부자들의 금붙이는 그들의 금고 안에 고스란히 남아 있었을 것이다.

집집마다 취업 재수, 삼수생 형들이 하는 일 없이 하루 세 끼 밥을 축내고 있었다. 그들은 그 시대의 아픔을 대변하는 아이콘으로서 곧 다가올 내 미래의 모습이었다.

새마을 운동과 더불어 수많은 수출산업 역군을 키워낸 박정희의 업적을 높이 평가하는 대부분의 부산·경남 지역 어르신들 같이 아버지 역시 남자는 기술을 배워야 한다는 믿음이 지엄하셨다. 아버지는 대학 진학을 해야 할 즈음의 나에게 이공계로 진학할 것을 조언했다. 웬만큼 공부 잘해서 판검사나 의사가 될 게 아니라면 남자는 자고로 기술을 배워야 한다는 게 아버지를 비롯한 시골분들의 삶의 철학이었다. 딱히 하고 싶은 게 없던 나는 이공계로 진학했다. 고성장을 멈춰버린 그때의 대한민국은 밥벌이에 얼마나 유용한가가 적성과 재능 따위보다 우선했다. 아무 생각 없이 살던 나도 마찬가지였다.

아무 생각 없이 선택한 전공은 재앙이었다. 글로벌 시대를 넘어 우주의 시대에 도래한 듯 전공 수업은 모두 외계어로 진행되었다. 교단에 서 있는 교수는 화성인 같았고, 복잡하고 어려운 수식을 척척 풀어내는 친구들은 화성인과 지구인의 우성인자만을 추출해서 만든 인조인간 같았다.

나는 전공 수업의 내용을 거의 이해할 수 없었다. 혼자 힘으로는 도저히 리포트도 제출할 수 없었다. 4년 내내 우성인자의 결합체인 인조인간들 중에서 제일 친한 놈의 리포트를 베꼈다. 시험은 대충 F 학점만 면할 수 있는 각종 변칙과 술수를 동원했다. 여기서 변칙과 술수라 함은 결코 커닝은 아니었다.

나는 대학에서 산업기술 분야에서 활약할 미래의 연구개발 인력으로서의 학업적 성과에 매진한 것이 아니라 오로지 졸업을 위해 변칙과 술수로 무장한 임기응변의 기술을 배운 것이다. 비겁하고 부끄러운 대학 생활이었지만 그 변칙과 술수로 취한 이득은 오로지 졸업장뿐이었으며, 누군가의 피해는 절대 없었음을 밝힌다.

그리고 IMF의 그늘이 드리웠던 마음 무거운 졸업 시즌에 나는 당당히 취업을 할 수 있었으니, 역시 남자는 기술을 배워야 한다는 아버지의 지엄하신 믿음이 마침내 빛을 발하는 순간이었다.

이 사회에는 갑과 을이라는 신분제가 존재하고 있다는 사실, 고용주는 귀인이고 피고용인인 나는 천인이라는 사실, 나는 주 60시간 이상의 격무에 시달리다 건강을 잃게 될 거라는 사실, 그렇게 되면 녹슨 기계처럼 폐기 처분될 거라는 사실을 깨닫는 데까지 그리 오래 걸리지 않았다.

사회는 냉정했고, 부조리했고, 더러웠다. 몇 번의 이직과 현실 안주, 체제 순응, 현실 인정을 하며 10년이나 회사를 다니는 동안 이 땅에서 평범하게라도 살아가기 위해서는 어쨌든 버텨내야 하는 그곳이 생지옥이나 다름없었다.

사회는 직장인에게 자기계발의 의무까지 부여했다. 미국 언어의 우월성과 자국 언어에 열등감을 가진 유학파 관료들인지, 황새를 따라가려고 조급증이 난 뱁새들인지, 다재다능한 인재가 넘쳐나는 인력 시장에서 선택권을 쥐고 있는 절대 권력 고용주들인지는 모르겠지만 어쨌든 누군지 모르는 그들 때문에 10년을 배워도 늘지 않는 영어 공부를 계속해야만 했다.

뇌에서 언어 감각을 담당하는 부분이 보통 사람보다 훨씬 작은 내가 10년을 공부해도 안 되는 영어, 평생 해도 안 될 영어, 혹시라도 좀 잘하게 된다 해도 별 감흥 없을 영어를 위해 돈과 시간을 낭비해야 하는 것이었다.

시간이든 돈이든 투입되는 자원에 비례해 나의 영어 구사능력은 향상되지 않았다. 언어감각이 빠진 유전자를 내려준 선대의 조상 탓이다. 태곳적, 많고 많은 원숭이들 중에서 하필이면 다른 개체와의 소통능력이 부재했던 원숭이의 피가 우리 집안으로 내려온 것을 탓하지 않을 수 없었다. 유전적으로 결핍되어 있는 특정 능력은 내 힘으로는 어쩔 도리가 없는 것이니 과감히 영어 공부를 포기했다. 천인 같은 신분으로 살아가는 이 사회를 벗어나고 싶어 안달 나 있으면서, 이곳에서 생존하기 위해 공부를 한다는 건 심각한 이율배반 아닌가.

사랑하며 미워하며 애증 관계였던 이보영 아줌마와 이익훈, 민병철, 오성식 아저씨와 영원한 이별을 고했다.

그 후 내 청춘은 꽃처럼 아름다워졌다. 독서량이 폭발적으로 늘어났기 때문이다. 그리고 틈틈이 글을 썼다. 회사 일이 바빠서 집중할 수는 없었지만 계속 뭔가를 쓰긴 썼다. 배움이 부족한 무게감 없는 문체였고, 훈련 없이 설익은 문장이었고, 설익은 채 다듬어지지 않은 졸작이었다. 나만의 습작인 글이었고, 부끄러워 차마 양지로 나올 수 없는 글이었다. 하드디스크 포맷과 함께 영원히 사라져 버렸어도 한 점의 미련도 없는 글이었다.

그 후, 제주에 내려와 차린 게스트하우스는 안내문과 간판, 블로그 모두 한글로 표기했다. 외국인 방문을 원천 차단하기 위해서다. 우리말 사랑의 일환으로 포장했지만, 사실은 의사소통 능력의 부재로 우리 집은 외국어 사용 금지 구역이다. 비수기가 되어 손님이 줄어들면 외국인 손님이라도 유치해 볼까 하는 유혹이 들기도 하지만 영어 스트레스에 시달렸던 직장 생활을 상기하고 싶지 않다.

가끔 외국인이 불쑥 들어올 때가 있는데, 그때마다 "May I help you"라고 묻지만 사실 내가 하고 싶은 말은 "Here is no foreigner area. Get out!"이다.

의도치 않게 외국인이 숙박한 적이 몇 번 있다. 한국인 여자친구와 함께 온 미국 청년 아담. 게스트하우스 내 카페의 한쪽 벽을 차지한 책들을 보더니 눈이 똥그래졌다. 사회학인지 중남미 문학인지 역사학인지를 전공하는 학생이었는데 여자친구 덕분에 한국 문학에도 관심이 많아졌다고 했다. 신경숙을 알고 있다고도 했다. 얼마 전에 영문판으로 출간된 그녀의 소설 《엄마를 부탁해》를 동양 특유의 유치한 신파라고 신랄하게 비판했던 미국의 한 여교수를 학자로서 기본 소양이 결여된 자국 문화 우월주의자라며 셋이서 신랄하게 비판했다.

그 청년의 바람으로 본격적으로 한국 문학에 대해 심도 깊은 대화를 나누게 되었다. 가운데 앉아서 통역을 한 여자친구 덕분에 분위기는 한미 정상회담 같았다. 여자친구의 통역은 유창했고, 아담의 배려심은 아주 깊어서 나와의 단독 의사소통을 시도하지 않았다. 자기 나라 말이 세계 공통어라 자부하는 거만함이 없는 참으로 배려 깊은 미국인이었다.

독일인 두 명과 한국인 한 명의 여자 손님 일행이 묵은 적도 있다. 아담과 그 여자친구에 대한 좋은 추억으로 별 걱정 없이 예약을 받았는데, 겁 없이 무모했음을 느끼며 후회했다. 한국인 친구의 유창한 통역을 기대했지만 그녀는 말수가 적었고, 독일인 그녀들은 지나치게 말이 많았다.

'자꾸 말을 건다. 어떡하지? 그냥 숨어버릴까?'

자꾸 뭘 물어보고 뭘 요구한다. 한국 여자는 어디서 뭐 하는지 모르겠다.

그녀들과 나의 대화는 이런 식이었다.

"버터 있어열?" "노."

"소금 있어열?" "노."

"슬리퍼 신고 밖에 나가도 되열?" "예스."

"카페에 늦게까지 있어도 되열?" "예스."

"영어로 된 책도 있어열?" "노."

나의 본심과 다르게 아주 단호하고 불친절한 게스트하우스 주인이 되어 버렸다. 부디 한국인이 모두 나처럼 불친절하다는 오해는 안 했으면 좋겠다.

어쨌든 우리 집은 외국인 숙박 불가다.

우리는 이 길의
주인이 아니다

인간적 운전이란

제주로 온 후 거의 매일 운전을 한다. 시골에서 대중교통을 이용하는 것은 불편한 점이 많다. 유일한 대중교통인 버스의 배차 간격은 불규칙하고, 정류장은 생활 범위와 멀리 떨어져 있다. 3km 거리의 마트에서 식빵을 한 봉지 사려면 차로 10분 만에 다녀올 수 있지만, 버스를 타면 한 시간이 걸린다. 무엇보다 갑자기 바다가 보고 싶거나, 소떼가 보고 싶어서 핸들을 꺾는 충동적 일탈이 불가능 하다는 것이 대중교통의 가장 큰 불편함이 아닐까. 그리고 바다든 숲이든 보고 싶을 때 언제든지 볼 수 있는 것이 제주 이주민의 특권이 아닐까.

제주도 시골 생활에서 운전은 필수라 해도 과언이 아니다. 최대한 짧은 거리와 안 막히는 길을 찾아다니던 도시에서의 운전과도 많이 다르다. 제주에선 기름 값 무서운 줄 모르고 먼 길을 돌아서 가기도 하고, 이럴 거면 자동차가 왜 필요한지 모를 정도로 천천히 달리기도 한다. 그리고 가던 길을 멈추고 밖으로 뛰어 나가기도 한다. 뻥 뚫린 제주의 풍경은 매일 보아도 즐겁기 때문이다. 드라이브를 하면서 풍경을 보는 것이 이곳 제주에서 즐기는 몇 안 되는 취미 중에 하나다. 이동거리 대비 소요시간 단축이라는 효율성과 경로 이탈의 작은 즐거움을 위해서 제주도에서 운전은 절대로 포기할 수 없는 것이다.

도로를 달리다 보면 자주 목격하는 것이 있다. 꼭 제주에서만 볼 수 있는 건 아니지만, 기괴하고도 아찔한 장면을 자주 목격하게 된다. 자칫 인명피해로 이어질 뻔한 교통사고를 피해가는 아슬아슬한 장면이다.

상황전개는 주로 이렇다. 신호등의 파란불을 보고 교차로를 통과하는 트럭. 그 트럭을 향해 달려드는 사륜 오토바이. 신호를 위반한 아니 무시한 오토바이 운전자는 주로 해녀 할머니다. 도로교통법 따위는 듣도 보도 못했을 것 같은 해녀할머니의 운전법은 닥치고 직진. 즉 '난 내 길을 가련다.'이다. 신호등이 빨간불이든 파란불이든, 옆에 차가 오든 안 오든 난 언제나 내 갈 길을 가겠다는 불굴의 의지로 오로지 직진만 한다. 문제는 상대차량인 트럭 운전자다. 탈 도로교통법적 기행운전을 일삼는 해녀 할머니 때문에 교통사고 가해자가 될 뻔했기 때문이다.

본능적인 급브레이크로 교통사고는 모면했지만, 트럭 운전자의 등줄기에는 한 줄기 싸늘한 땀방울이 흘러내렸을 것이다. 순간적으로 사랑하는 가족들의 얼굴도 스쳐 지나갔을 것이다. 흥분한 트럭 운전자는 할머니 옆으로 차를 붙이고 육두문자를 날린다.

"ㅆㅂ※§‰@△······!"

방금 전의 아찔했던 순간을 이해한다 쳐도 젊은이가 어른에게 하는 욕 치고는 허용치를 넘어도 한참을 넘었다. 감히 흉내도 못 낼 심한 욕이었다. 그런데 해녀 할머니는 웬 젊은 놈이 다가와 입에 담기도 힘든 심한 욕을 해도 난 내 갈 길을 가련다의 굳은 의지로 여전히 직진 중이다. 지친 트럭 운전자는 포기하고 그만 제 갈 길을 간다.

상황은 대체로 그렇게 종료된다. 때론 트럭이 승용차로, 사륜 오토바이가 경운기로 대체되기만 할 뿐 대부분의 상황은 그렇다.

안타깝지만 실제 사고로 이어지기도 한다. 주로 들뜬 마음으로 운전대를 잡은 관광객과 경운기의 충돌사고다. 생업 중에 사고를 당한 할아버지나, 여행을 망친 관광객이나 안쓰럽기는 마찬가지다. 부디 사람만은 안 다쳤기를 간절히 바랄 뿐이다.

씽씽 달리는 렌터카와 주변을 살피지 않는 주민들을 매일 지켜보는 이주민의 마음은 노심초사일 수밖에 없다.

나도 운전을 하다가 갑자기 튀어 나온 해녀 할머니의 오토바이에 깜짝 놀란 적이 있다. 다행히 사고가 나지는 않았지만, 정말 아찔했다. 오래 전 군대에서 고문관 동기와 나란히 서서 수류탄 투척 훈련을 할 때만큼이나 아찔했다. 쪼그라든 심장을 부여잡고 한숨을 돌리는 사이 눈과 귀를 막은 해녀 할머니는 굳은 의지의 직진으로 유유히 내 눈앞에서 사라졌다. 순간적으로 어른에게 거침없이 육두문자를 날리던 트럭 운전자의 심정이 이해되기도 했다. 하지만 그건 차마 내뱉을 수 없는 금단의 언어가 아닌가. 욕을 했다가는 나의 입과 귀가 썩어버릴 지도 모른다.

그 뒤로 나는 할머니 할아버지들의 경운기와 오토바이를 피해 다녔다. 일부러 멀리 떨어져서 가기도 하고, 500미터 앞에 보이기만 해도 손에는 힘이 들어갔다. 버스정류장에 서 있는 할머니 할아버지들조차 갑자기 도로로 튀어 나올 것만 같아서 그 앞에서 속도를 낮췄다. 시간이 지나고 보니 나의 노인 회피성 방어 운전은 그분들을 향한 배려 운전이 되어 있었다. 이것저것 안보고 차선을 변경하거나 교차로를 통과하는 그 분들에게 양보를 하게 되더란 말이다. 신호등 색깔과는 상관없이.

기행에 가까운 그분들의 운전 방식은 생각해 보면 흥분할 일이 아니다. 본인도 모르게 매 순간 생명을 위협받고 있는 그분들이 실제 피해자인지도 모르기 때문이다. 반듯하게 뻗은 도로가 그분들에게는 아스팔트의 저주가 내린 검은 길인지도 모른다.

오래전부터 산으로 들로 바다로 이어져 있던 그 길의 주인에게 도로교통법을 강요하는 것이 비인간적인 건 아닐까. 이 섬의 관광수익을 위해 자신들의 길을 내어 준 그분들을 배려하는 것이 도로교통법 보다 우선해야 할 인간적인 운전이 아닐까.

부루스타 No.5

요리책을 내볼까?

나는 어떤 조직이나 단체에 소속되는 것을 싫어한다. 어느 정도냐 하면 연합회나 동호회 같은 곳의 가입을 권하는 사람을 만나면 경기를 일으킬 정도다. 두 명만 모여도 의견이 엇갈려 다투기 일쑤인데 여러 사람이 뜻을 한데 모아 일을 추진한다는 것이 나로서는 엄두가 나지 않는다.

그런 내가 제주에서 처음으로 모임을 만들었다. 개인적인 이해관계를 위해 반강제적으로 가입한 것이 아니라 뜻이 맞는 친구 몇 명이 의기투합했다. 그 모임은 다름 아닌 일본 요리 수업이다. 친구들끼리 모여 한 달에 한 번 여는 쿠킹 클래스로, 실력과는 무관하게 다들 요리에 관심이 많다는 것이 공통점이다. 물론 나도 요리에 관심이 많은 사람이다. 안 해서 그렇지 하면 잘하는 그런 사람이라고나 할까.

때는 바야흐로 첫 수업을 열기 한 달 전이었다. 휴일을 맞아 치킨과 맥주를 마시기 위해 네 사람이 모였다. 나와 워니 그리고 여1과 여2.

그날 처음 보는 사이였던 여1과 여2는 공통점이 있었다. 주방 도구에 있어서 폼생폼사의 정신으로 무장한 허세질이었다. 평소에 어떤 요리를 하는지 알 수는 없으나 그릇 하나, 숟가락 하나, 국자 하나 살 때조차 비싸고 예쁜 것만

고집한다는 두 사람은 죽이 잘도 맞았다. 최근에 자신이 산 주방 도구가 얼마나 어처구니없이 비싸고 쓸모없는가에 대해서 대결을 벌였다.

여자1이 자신은 일본의 3대 요리 학교 출신이라며, 그것도 수석 졸업이라고 잔뜩 목에 힘을 주어 말했다. 여자2도 눈에 힘을 주었다. 자신은 요리 같은 거 안 해서 그렇지 하면 잘하는 년이라고 늘 어머니께서 말씀하셨단다. 급기야 여자1과 여자2는 쿠킹 클래스를 열자고 입을 모았다. 정말로 요리 학교 수석 졸업생이라는 걸, 안 해서 그렇지 하면 정말로 잘한다는 걸 증명하고 싶었던 두 사람은 다음 날 술이 깨면 기억도 못 할 쿠킹 클래스의 첫 수업을 정확히 한 달 뒤로 정했다.

늦은 밤에 자리를 옮긴 2차에서까지 일본 요리에 대한 이야기꽃이 활짝 피었다. 예쁜 그릇 세트와 각종 조리 도구에 대한 로망을 털어놓으며 각자 이용하는 사이트 주소도 교환했다.

이야기는 자신이 갖고 싶은 주방에 대해서 이어졌다. 누구는 디근자 모양의 주방을 갖고 싶다 했고, 누구는 일자로 뻗은 주방을 갖고 싶다 했고, 누구는 거실에서 계단을 통해 내려가는 주방을 갖고 싶다고 했다. 각자가 원하는 스타일은 달랐지만 공통점도 있었다. 아주 넓은 주방을 갖고 싶다는 것. 현실성이라곤 눈곱만큼도 없는 형편인 우리들은 가진 거 없는 것들이 물욕만 넘쳐서 자빠져 있다는 자가진단을 끝으로 그날 술자리를 끝냈다.

아침에 정신을 차려보니 쿠킹 클래스 이야기가 떠올랐다. 희미한 영상처럼 맴도는 지난 밤 대화는 이러했다.

"쿠킹 클래스를 열고 그 이야기를 엮어서 책으로 내자."

"출판사에 연락은 내가 해 볼게."

"내가 잘 아는 촬영 감독이 있으니까 영상으로도 남겨두자."

"시나리오 작가도 알아. 개도 참여하라고 하자."

"여기 착한 요리 수업이 있다고 이영돈 PD한테도 연락해서 오라고 해라."

"이영돈한테 할거면 이엉돈한테도 해라."

하나같이 황당한 말들이었지만, 쿠킹 클래스 결성은 계획대로 진행되었다. 각자의 생업이 있기에 수업은 한 달에 한 번 열기로 했고, 수강 인원은 4명이 적당하다는 의견에 따라 친구 한 명을 더 영입했다. 그리고 우리가 만들고 싶은 일본 요리를 반영해 커리큘럼을 짜고, 수강료를 정했다.

그렇게 일본의 3대 요리 학교 중 하나를 수석으로 졸업했다는 여자1은 선생님이 되었고, 안 해서 그렇지 하면 잘하는 년이라고 어머니께서 말씀하신 여자2와 나, 워니, 새로 영입된 친구는 제자가 되었다.

첫 수업 후, 누군가 우리 모임의 성격에 맞는 이름의 필요성을 제기했다. 모두가 동의했다. 그러나 누군가는 우리의 요리 철학에 걸맞은 격조 높은 이름이어야 한다는 어처구니없는 주장을 했고, 또 누군가는 우리에게 철학 같은 게 어디 있느냐며 부르기 편한 걸로 대충 짓자는 성의 없는 주장을 했으며, 킨포크나 힐링이나 웰빙 등 요즘 유행하는 단어를 합성한 미디어 친화적인 이름이어야 한다고 주장하는 사람도 있었다.

이에 나는 난무하는 온갖 주장들로 인한 혼돈을 잠재울 기가 막힌 이름을 제안했다. 수업 중에 우리 다섯 명이 제일 많이 사용하는 도구가 바로 휴대용 버너임을 떠올려 지은 것으로 이름하야 '부루스타 No 5'. 다소 경박하다는 이유로 반대한 사람이 있었지만, 입에는 잘 붙는다며 썩 맘에 들지는 않지만 진짜 이름이 생기기 전까지만 쓰자는 다수에 의해 부루스타 No 5는 우리 모임의 임시 명칭이 되었다.

부루스타 No.5는 정식 명칭을 찾기 전에 와해되었다. 이런 종류의 모임은 원래 그렇다. 처음의 열기가 식고 나면 누구는 생업 중에 중요한 어떤 일이 생기고, 누구는 전날에 과음을 하고, 누구는 흥미가 떨어지기 마련이다.

비록 몇 개월 만에 막을 내렸지만, 충동적이고 즉흥적으로 결성된 요리 수업에서 우리는 많은 것을 배웠다. 육수 내기의 기본부터 미소국, 고등어 완자 전골, 냉우동, 토마토 가지볶음, 우엉조림, 일본식 샐러드 등 수업은 알차고 수준 높았다. 수업이 끝나고 둘러앉아 그날 만든 음식을 먹는 것도 시골 생활의 또 다른 즐거움이었다.

그리고 나에게는 그동안 기록해 둔 수백 장의 사진과 레시피 노트가 남았다.

요즘도 가끔 만들어 보는 우엉조림과 토마토 가지볶음. 그것들을 앞에 놓고 부루스타 No.5를 추억하며 혼잣말을 해 본다.

"요리책을 내 볼까?"

가식 뒤의 내 모습

대통령 선거를 대하는 게스트하우스 주인의 자세

살면서 누구를 이겨본 적이 잘 없는 것 같다. 어릴 때 나는 키는 멀대처럼 컸지만 언제 어떻게 넘어질지 모르는 젓가락 같은 허약한 몸이었다. 달리기를 하든 씨름을 하든 높이뛰기를 하든 상대는 나와 키가 비슷한 아이였는데 나보다 작은 아이와 싸워도 코피 한 번 터뜨려 보지 못한 나로서는 상대가 누구든 종목이 뭐든 간에 이기기는 역부족이었다.

나름 승부욕이란 게 있긴 해서 씨름을 할 때는 안 넘어지려고 악다구니를 쓰고 버텼지만 언제나 힘없이 픽 쓰러졌다. 달리기를 할 때도 이를 악물고 뛰어 봤지만 결승선의 맨 마지막에 들어오는 건 늘 나였다. 허약한 아이는 그나마 공부라도 잘하는 게 보통의 경우인데, 하늘은 모두에게 한 가지씩의 재주를 공평하게 분배하지는 않는 것 같다.

합격의 축배보다는 불합격의 고배를 더 많이 마셔봤고, 승리의 기쁨보다는 패배의 쪽팔림을 더 많이 겪어본 나로서는 지금까지 살아오면서 시험이나 게임 같은 건 무조건 피하고 싶었고 앞으로 살면서도 되도록이면 피하고 싶다. 경쟁 욕구가 애초부터 싹이 자라지도 않은 건 어차피 경쟁 속에서 뭔가를 성취해 나갈 자신이 없으니까 차라리 거기서 벗어나는 게 훨씬 속편하다는 걸 깨우쳐서 그런 것이다. 누군가를 이겨먹기 위해서 피나는 노력을 해 본 적도 없다. 그래서인지 스포츠 경기에서도 이긴 팀에 열광하기보다는 진 팀을 짠하게 보게 된다. 내가 좋아하는 유일한 스포츠인 종합격투기에서도 연승 행진을 하고 있는 챔피언보다는 도전자를 더 응원하게 된다. 링 위에 피를 뿌리고 실신한 도전자를 보면 저 많은 관중들 앞에서 얻어터졌으니 얼마나 아프고 쪽팔릴까 하는 생각이 먼저 든다. 링 위를 뛰어다니며 패자를 조롱하듯 좋다고 난리법석을 떠는 챔피언이 그렇게 얄미울 수가 없다. 내가 본 승자는 언제나 패자를 존중해 주지 않았다.

시험이든, 게임이든 승부를 가리는 일이라면 뭐든지 싫어하는 나도 긴장하며 지켜볼 수밖에 없는 흥미진진한 명승부가 있다. 바로 5년에 한 번씩 펼쳐지는 대선이다. 내가 지지하는 후보가 대통령이 되길 바라는 간절한 마음의 한편에는 마치 촌극과도 같은 대선 과정을 관전하는 즐거움도 있다. 그건 정말이지 세상의 어떤 개그 프로그램보다 웃기다.

각 후보의 진영끼리 치고받는 갖가지 폭로와 고소, 고발의 수위에 따라 달라지는 지지율을 보노라면 〈개그콘서트〉의 한 코너인 '시청률의 제왕'을 보는 것 같다. 말도 안 되는 설정에 시청률이 오르락내리락하는 우스꽝스러운 광경이 대선 과정에서도 그대로 재현되니 말이다.

위장전입, 부정거래, 탈세, 뇌물수수 등 사전에 확보해 놓은 상대 후보의 의혹들을 차례대로 폭로하면서 지지율을 움직인다. 그러다 약발이 잘 안 먹힌다 싶으면 '시청률의 제왕'에 나오는 아이돌 배우 같은 사람이 등장해 또 다른 의혹들을 발표한다. 대부분이 사실관계 확인이 잘 되지 않을 뿐만 아니라 억지스럽기도 하지만 희한하게 지지율이 움직인다. 대선 과정에서 어이없고, 기막히고, 웃기지만 웃지 못할 대한민국의 답답한 모습을 발견한다.

지금까지 봐온 몇 번의 대통령 선거 결과를 보면, 춤을 추듯 움직이는 여론은 어떤 규칙적인 패턴이 있음을 알겠다. 그걸 원하는 대로 움직이기 위해서는 고도의 기술이 필요하다. 선거에서 매번 지는 쪽은 그 기술이 부족하고, 이기는 쪽은 무척이나 현란하다. 진실은 저 너머에 두고 상대 후보를 비방하며 유권자들을 들었다 놨다 하는 그들의 여론몰이 기술은 가히 이 나라의 기득권 대표 정당이 되기에 충분할 정도다.

스포츠 경기에서는 누가 이기든 누가 지든 나하고는 상관없다. 내 삶이 크게 달라질 것도 없다.

선의의 경쟁을 펼치는 스포츠 정신은 경기장에서 뛰고 있는 선수들에게만 있을 뿐이다. 구단이나 협회의 행정가들에게 스포츠는 산업이다. 세계인의 화합과 평화를 기치로 슬로건을 건 올림픽마저도 일반 선수들 경기는 축제처럼 화려하게 다 치르고 난 후에 장애인 올림픽은 번외 경기처럼 초라하게 진행하는 걸 보면 그렇다.

올림픽 경기장 짓겠다고 판자촌을 밀어버리고, 거리 정화라는 명목으로 노점상을 강제 철거하는 짓 모두 성공적인 올림픽 개최로 국가 브랜드 가치 상승을 위해 정당화된다. 그 모든 게 돈의 원리다. 산업이란 원래 그런 것이다. 화합이니, 평화니, 선의의 경쟁이니 그런 건 사회적 기업이라는 이름으로 골목 상권까지 집어삼키려 드는 대기업의 가면 같은 것이다.

가끔 올림픽 경기를 보지만 나에게 그건 게임머니를 두고 벌이는 컴퓨터 게임 같은 것이다. 거기다 애국심이라는 걸 결부 시키지도 않을뿐더러 그 대전이 세계인의 화합과 평화에 일조할 거라는 믿음은 눈곱만큼도 없다.

가능성은 제로겠지만, 가끔 상상한다. 일반 선수와 장애인 선수의 경기가 올림픽의 일정에 함께 들어가는 상상. 지루하고 재미없다고 불평하는 관중들에게 이런 게 화합이고 평화며, 진정한 스포츠 정신이라고 소리칠 줄 아는 개

최국이 등장한다면 그때는 그들의 올림픽 정신이라는 걸 진정성 있게 한번 바라봐줄 수 있을지도 모르겠다.

　대통령을 뽑는 선거는 스포츠와는 격이 다른 게임이다. 온갖 이해관계로 얽히고 분열되어 있던 대한민국이 딱 두 팀으로만 (당선 확률이 거의 없는 군소 정당의 지지율도 존재하긴 하지만) 나눠 싸우게 되는 대국민 화합의 시기이기도 하다. 게임이 끝난 후에도 화해가 불가능하다는 불편한 진실이 있긴 하지만 말이다.

　자기가 지지하는 후보의 상대를 비방하고 조롱하고 비아냥대는 것이 피아 식별의 기준이 된다. 공동의 적을 둔 같은 편끼리는 대선 기간만큼은 동질감과 유대감, 친밀감이 극대화된다. 그게 곧 나는 정의의 편이라는 표현이고, 불의를 대하는 의식 있는 시민으로서 당연한 행동 양식인 것이다.

　누굴 뽑든 다 똑같은 정치인 나부랭이 때문에 드라마를 결방시키는 방송국을 욕하는 사람들도 있다. 그들에게 대선은 나에게 스포츠만큼이나 별 관심 없을 것이다. 대선이 우리의 삶에 어떤 영향을 미치는지를 모르기도 하지만, 지금 자신이 겪고 있는 불평등의 대부분이 바로 합리적 판단의 투표를 하지 않는 본인 때문이라는 걸 모르는 사람들이다. 그런 사람들에게 반드시 투표를 독려할 필요는 없다. 기준이 합리적이지 않으면 잘못된 판단을 할 확률이 높다.

　대선이야말로 내가 원하는 방식의 삶에 조금이라도 가까워질 수 있는 기회다. 내가 지지하는 후보가 반드시 대통령이 되어야 하는 간절하고도 처절한 게임인 것이다.

　투표 당일. 그날 만큼은 모두가 소중한 한 표를 행사하기를 바라며 게스트하우스 문을 닫아야 함이 마땅하다. 나는 정의사회 구현과 민주주의의 발전이라는 공익을 위해 개인적인 이익 정도는 과감히 희생할 줄 아는 의식 있는 사람이니까. 심지어 전국 관광지의 모든 숙박업소, 식당들은 모조리 문을 닫게 해서 투표를 안 하고 여행이나 다니는 몰지각한 사람은 없도록 해야 한다고까지 생각했다. 이 나라를 정의롭게 해줄 나의 투표 용지가 한 장뿐임을 개탄스러워하기까지 했다.

　내 소중한 한 표를 행사한 그날, 나는 게스트하우스를 열었다. 대통령을 직접 뽑으라고 주어진 한 장의 투표권을 행사하지 않고 제주도로 여행을 와버린, 그래서 우리 집에 하룻밤 묵기 위해 숙박비를 내준 손님들을 환하게 웃으며 두 팔 벌려 환영했던 것이다. 부끄럽고도 민망하고도 심각한 자가당착의 극치였다.

그렇다. 난 평소 그렇게 마음속으로 바라던 정의사회 구현과 민주주의의 발전에 일조하기 위해서 하루 매출을 기꺼이 포기할 수 있는 그런 종류의 인간이 아니었던 것이다. 모든 공익은 사익에 우선한다는 평소의 신념을 외면하고 게스트하우스 하루 치 매출을 선택했다. 투표 용지에 도장을 찍는 것으로 민주 시민의 역할은 충분하다고 나 자신을 합리화했다.

한 사람의 투표는 민주주의에 참여하는 보통의 권리이고, 대세에 별 지장 없는 무기력한 권리이고, 행동하지 않은 자에게 양심의 면죄부를 주기 위한 최소한의 의무일 뿐인 것 같다.

의식 있는 인간이라고 스스로 자부했던 가식 뒤의 내 본모습은, TV로 축구 중계방송을 보며 흥분해서 침 튀기는 아저씨 같은 것이었다. 내가 해도 저것보다 잘하겠다며, 감독은 왜 저런 선수를 기용했는지 모르겠다며, 이래서 한국 축구가 발전이 없는 것이라며 TV 앞에서 고래고래 소리를 지르는 난닝구 바람의 아저씨 말이다.

제주 생활 2년 차,
우울증이 찾아왔다.

게스트하우스를 시작하며 사람을 만나는 두려움을 극복하기 위해
단단히 먹었던 마음가짐이 허공으로 날아가 흩어져 버렸다. 앞으로
어떤 일을 하든 똑같은 상처가 반복될 거라는 생각에 절망했다.

PART THREE

상처받지 않을 용기

마리 이야기

반려동물과의 사랑은

나는 지금 길을 걷고 있다. 한 사람만 겨우 지나갈 수 있는 좁은 길이다. 자칫 발을 헛디디면 천 길 낭떠러지로 떨어지고 만다. 머리 위 절벽에는 크고 작은 바위들이 위태롭게 붙어 있다. 위와 아래를 동시에 살피며 걸어야 하는 이 길은 어디서부터 출발한 것인지, 어디로 가야 하는지 도대체 모르겠다. 한시라도 빨리 이 지옥 같은 길을 벗어나야 한다. 한 발 한 발 조심스레 전진하는 다리가 부들부들 떨린다. 온몸이 땀에 젖었다.

그때 갑자기 들려오는 둔탁한 소리. 우르르 쾅쾅.

발걸음을 멈추고 위를 올려다본다. 집채만 한 바위가 나를 향해 굴러온다.

안 돼! 안 돼!

피할 새도 없이 바위가 덮치려는 찰나 화들짝 잠이 깼다.

창턱에 올라 내 배 위로 폴짝 뛰어내린 마리가 발밑에서 나를 바라보고 있다. 야행성 동물인 고양이는 심심하다는 의사를 그런 식으로 표현한다.

마리는 새벽마다 우리의 단잠을 깨운다. 뛰어놀고 싶은 자기는 아랑곳하지 않고 잠들어 있는 주인들이 꼴불견인가 보다. 울며 불며 우리의 단잠을 깨우기도 하고, 폴짝 뛰어서 우리의 배를 밟고 지나가며 제발 일어나라고 폭력 시위를 한다. 마리를 키우기 시작한 5년 전부터 자주 반복되는 새벽의 모습이다.

세상 둘째가라면 서러울 잠돌이 잠순이인 나와 워니는 그래도 마리에게 짜증을 낸 적이 한 번도 없다. 별일 없이 새벽을 보내고 건강한 모습으로 마리를 다시 만나게 될 아침이 있다는 사실에 안도하기 때문이다.

가끔은 새벽에 울고 있는 마리를 안아다가 내 곁에 강제로 눕히기도 한다. 이불 속에 마리를 넣고 뒤통수와 등을 쓰다듬으면 이내 골골거리다가 잠이 든다. 마리의 골골대는 소리를 자장가 삼아 나도 다시 잠이 든다. 아침이 되면 어김없이 침대에서 내려가 책상 밑이나 장롱 안에서 자고 있는 마리를 또 쓰다듬으며 아침 인사를 한다.

마리는 애완동물 농장에서 태어났다. 경기도 수원의 어느 펫숍에서 우리는 생후 2개월 된 마리를 처음 만났다. 몸집이 더 커지기 전에 사람들의 눈길을 끌어야만 하루빨리 그곳을 벗어날 수 있는 게 펫숍의 철창에 갇힌 새끼 고양이의 운명이다.

하지만 그 고양이는 자기를 사갈 누군가의 선택을 기다리며 예쁘게 몸단장을 하고 있지 못했다. 본디 하얀색이었을 털은 꼬질꼬질한 연회색이었고, 어기적거리는 몸놀림이나 눈 밑에 잔뜩 낀 눈곱 때문에 언뜻 보아도 아파 보였다. 아기 고양이 특유의 장난기도 없었고, 호기심도 없어 보였다. 움직인다기보다 움직여지고 있는 게 맞을 것 같았다.

귀엽고 건강한 새끼 고양이를 입양하기 위해 펫숍을 찾은 우리는 왜 작고 더럽고 힘없어 보이는 이놈을 데리고 가야겠다고 마음먹었을까? 아무리 생각해 봐도 운명적이거나 드라마 같은 뒷이야기가 있는 건 아니다. 단지 그 새끼 고양이가 너무 불쌍해 보였고, 우린 그걸 외면할 수 없는 마음 약한 사람이었다. 마리와의 만남이 우리의 삶을 모조리 바꿔 놓으리라는 걸 그때는 알지 못했다.

누가 봐도 장수하지 못할 것 같은 그놈과의 잘못된 만남을 성사시키기 위해서 우리는 펫숍 주인과 가격 흥정에 돌입했다. 평소에 시장에서 10원도 깎아 본 적이 없는 우리는 에누리의 기술을 습득지 못했었다. 그런 우리가 야심 차고도 떨리는 마음으로 10% 할인을 요구하자 예상외로 흔쾌히 받아들여졌다. 아직도 시장에서 바가지나 쓰고 다니는 우리가 인생에서 처음으로 성공한 에누리가 고양이를 살 때였다니!

어쨌든 10% 할인가에 마리를 살 수 있었던 건 이 거래에 있어서 펫숍 주인이 절대적으로 불리했기 때문이었다. 마리는 더 늦기 전에 성급히 처분해야 할 놈이었고, 사은품으로 목욕 샴푸까지 챙겨준 건 어떻게든 계약이 불발되지 않기를 바라는 간절함이었을 것이다.

곧이어 작성한 계약서에는 복잡한 문구들이 즐비해 있었다. 요약하자면 판매 후 15일 이내의 하자에 대해서 교환 및 환불이 가능하다는 것이었다. 그건 우리에게 선택당한 마리가 지금은 철창을 벗어나지만 앞으로 교환이 될지 환불이 될지 모르는 비열한 운명에서 아직은 자유롭지 않다는 증명서 같은 것이었다.

그렇게 우리는 미리 준비한 케이지에 마리를 넣어서, 목욕 샴푸를 사은품으로 챙겨서, 우리를 보고 그렇게 애교를 피웠지만 그곳에 남겨둬야 했던 4개월 된 친칠라 고양이에게 미안한 마음을 뒤로하고 펫숍을 나왔다.

다음 날 우리는 마리를 데리고 동물병원을 찾았다. 태어난 지 2개월밖에 되지 않은 작은 고양이에게서 귀여움을 빼앗아간 주범을 찾기 위해서였다. 우려했던 대로 마리의 상태는 엉망진창이었다. 저체중과 저체온, 피부에 붙은 곰팡이, 귓속 진드기. 영양실조와 탈수까지 동반한 허피스(감기 같은 것으로, 치명

적이지는 않지만 허피스 때문에 식욕을 잃어서 죽는 경우가 많다).

우리는 마리에게 약을 먹이고, 피부를 소독하고, 귀를 청소하고, 닭가슴살과 쇠고기까지 삶아 먹이며 애를 썼다. 하지만 며칠 후, 마리는 입원을 할 수밖에 없을 정도로 상태가 나빠졌다. 펫숍 주인이 예상한 교환 및 환불의 사유가 이런 것이었을까.

이대로 죽을지도 모르는 마리를 걱정하며 우리가 집에서 밤을 지새우는 동안 마리는 외롭고 무서운 입원실에서 힘을 내주었다. 사흘 뒤, 다행히도 상태가 호전된 마리는 새 생명의 대가로 우리에게 상당한 액수의 진료비 영수증을 선사했다. 집에 돌아온 우리는 또 마리에게 약을 먹이고, 피부를 소독하고, 귀를 청소하고, 닭가슴살과 쇠고기를 삶아 먹이며 작고 볼품없는 마리를 완전체의 고양이로 만들기 위해 고군분투했다.

마침내 건강하고 씩씩해진 마리와 우리는 6년째 함께 살아가고 있다.

반려동물과 살다 보니 세상 모든 동물들의 고통이 마음 아프게 다가온다. 예전에는 미처 몰랐다. 태국 여행 중 정글에서 타고 다녔던 코끼리는 잔인한 학대 속에서 훈련받은 코끼리였다는 것을, 그 코끼리가 훈련을 통해서 배운 것은 교감이 아니라 오로지 복종하는 법이라는 것을. 가볍고 따뜻한 성능에 감탄하며 자주 입었던 구스다운 재킷은 울부짖는 거위를 부여잡고 산 채로 쥐어뜯은 깃털로 만든 옷이라는 것을. 돈을 많이 벌면 부모님께 꼭 사드려야지 했던 모피코트도, 밥상에서 젓가락 세례를 제일 많이 받는 고기 반찬도, 주말 드라마와 찰떡궁합인 치킨도……. 이 모든 것이 인간이 낳은 부조리의 단면이라는 것을 몰랐었다.

그리고 펫숍에서 고양이를 한 마리 산다는 건, 동물보호소에서 누군가를 애타게 기다리고 있을 고양이 한 마리의 죽음을 의미한다는 것도 미처 알지 못했다.

반려동물과 함께 산다는 건 삶에서 어떤 의미일까?

나는 타인과는 닿을 수 없는 어딘가가 마리와는 닿아 있다고 자주 느낀다. 그것은 너무나 큰 위로가 된다. 이불 속으로 쏙 들어와 잠드는 마리를 쓰다듬으며, 외출했다 들어온 우리에게 달려오는 마리를 안으며, 때론 우릴 밟고 다녀도 내 손을 깨물어도 휴일의 늦잠을 방해해도 마리는 타인이 해줄 수 없는 위로를 준다.

어른이 된 우리들은 평소에 사랑하고 사랑받고 있다는 느낌을 자주 받지 못한다. 연인과의 사랑도, 가족과의 사랑도, 타인과 나누는 감정들도 인간이기에 정기적으로 확인하고 때론 의심하며 마음을 전하려는 노력을 해야 한다. 인간관계에서는 내 진심이 상대에게 닿기도 전에 흩어져 버리기도 하고, 기껏 받아줬던 상대의 마음이 진심이 아니었음을 뒤늦게 알게 되기도 한다. 상대의 마음이 진심인지 아닌지 알아채기 위해 눈치를 보게 되면 그것 또한 사람을 지치게 하는 것이다. 진심이 결여된 인간관계의 가벼움이 어떤 감정적 충만감을 줄 수는 없다.

마리를 키우면서 느끼는 감정적 충만함은 사람들을 통해서는 잘 느낄 수 없는 것이다. 타인에게 마음을 전달하려면 진심 말고도 필요한 게 많지만, 마리는 우리의 진심을 의심 없이 받아들인다. 그것이 우리에게 가장 큰 위로가 된다. 양방향이어야 하는 인간세계의 사랑과 달리, 우리는 마음을 주고 마리는 받기만 해도 되는 것이다.

의심하지 않고 강요하지 않는 것이 바로 반려동물과 나누는 사랑의 방식이 아닐까.

결혼

사랑과 무관심의 상관관계

결혼을 했든 안 했든 누구는 행복하고 누구는 불행하게 각자의 방식으로 살아가는 친구들을 보면 결혼이 행복의 조건은 아님이 분명한 것 같다. 딸린 처자식보다 더 철없는 친구를 보면 결혼하면 어른이 된다는 옛말이 그다지 신뢰가 가지 않는다. 아이들 양육비 걱정에 한숨이 깊어지는 친구를 보면 아이가 있어야 진정으로 행복한 가정이라는 누군가의 주장도 인정할 수가 없다.

그럼에도 불구하고 많은 사람들은 결혼이라는 걸 추천하고, 출산을 장려하며, 이혼은 되도록 피할 것을 조언한다. 결혼과 출산, 이혼에 대한 사람들의 확고한 신념은 어떤 계기로 생긴 것인지 모르겠다. 9년째 결혼 생활을 하고 있는 나로서는 결혼이 인생에서 경험해야 할 중요한 것 중에 하나인지, 하는 게 좋은지 안 하는 게 좋은지 이렇다 저렇다 할 어떤 확신이 없다.

9년간 결혼 생활을 유지하는 동안 서로 좋아서 죽을 것 같다가도 이혼의 위기가 닥치기도 하고, 애틋하다가도 원수처럼 서로 쥐어뜯기도 했으니 결혼이 좋은지 아닌지는 죽기 직전에 결론 내릴 수 있을까? 전생의 기억을 갖고 두 번째 인생을 살지 않는 한 결혼에 대한 확신은 죽기 직전에도 쉽지 않을 것만 같다.

결혼의 사전적 의미는 '남녀가 정식으로 부부 관계를 맺음'이다. 남녀가 '정식으로' 부부 관계를 맺으려면 고비용 저효율의 번잡하고 피곤한 과정을 거쳐야 식장 안으로 들어갈 수 있다. 두 사람의 사랑이 변하지 않을 것임을 굳이 일가친척에 사돈에 팔촌까지 불러모아 선언하는 수고를 해야 한다.

결혼을 준비하는 여자는 아들 둔 유세가 하늘을 찌르는 예비 시어머니의 비위를 맞추느라 수시로 기분이 상하면서도 시부모의 지분이 상당 부분 포함된 집에서 결혼 생활을 시작할 수밖에 없다. 남자는 그동안 불효한 철없던 과거를 반성하며 결혼과 동시에 효자로 변신한다. 아내가 자기의 부모에게 딸 같은 며느리가 되길 바라며 자기 가족의 울타리로 억지로 밀어넣으려는 것이다.

만남과 헤어짐이 자유롭던 연애는 결혼과 동시에 비도덕적인 일이 되고, 결혼 후에까지 이어지는 무절제한 소비는 가정 경제 부흥의 책임을 소홀히 한 가정파탄의 심각한 사유가 된다.

지금은 폐지되었지만 한때 금요일 밤을 뜨겁게 달구었던 TV 프로그램 〈사랑과 전쟁〉을 보면 저런 막장이 있냐며 혀를 끌끌 차게 된다. 실제로 벌어지는 일을 각색해서 만들었다고 하니 한국 사회의 흔한 결혼이 그런 건가 싶다. 그러면서도 깨 볶는 냄새 진동하는 신혼을 거쳐 자녀를 낳고, 내 집 마련을 하고,

부모에게 효도하는 사람들이 훨씬 많은 걸 보면 TV 속 이야기는 아들 둔 유세할 만하고, 자식한테 집 한 채 떡하니 사줄 만한 사람들 이야기인가 보다.

우리가 결혼을 준비하던 때, 어머니는 그다지 잘난 구석 없는 아들 덕에 유세할 만한 형편이 아니었다. 그저 둘째 아들을 거둬주기로 자청한 예비 며느리가 고마울 따름이었을 것이다. 장모님은 경상도 시골 냄새 풀풀 나던 내가 쏙 맘에 들진 않으셨겠지만 결혼을 반대하지도 않으셨다.

대단할 것 없는 집안의 결합이라 생각하고 마음을 내려놓은 양가 부모님께서는 자식을 앞세워 유세할 생각도 없고, 예단이나 예물로 허영을 부릴 생각도 없었기에 결혼을 준비하는 과정에서 우리는 어떤 마음고생도 하지 않았다.

9년 동안 유지되고 있는 비교적 행복한 우리의 결혼 생활의 조건은 무엇이었나 생각해 보니 그건 순전히 운발이었던 것 같다. 스스로 어른이라고 생각하지만 결혼 적령기의 남녀는 결혼 후에 어떤 갈등과 문제가 생길지 헤아리지 못할 만큼 세상사에 대한 경험이 미천하다. 서른 살 전후의 남녀가 백년해로할 배우자를 결정하는 건 상대에 대한 과학적이지 않은 정보력과 이성적이지 않은 판단력으로 사랑이라는 감정에 의존해 그릇된 결정을 할 확률이 높다.

철두철미하게 상대를 검증하지 못한 채 시작한 결혼 생활을 별일 없이 오랫동안 유지하는 건 순전히 운에 맡겨야 하는지 모른다. 부디 나의 배우자에게 그동안 몰랐던 심각한 결격 사유가 없기를 간절히 바라는 수밖에.

워니는 나와의 결혼을 후회했을지도 모른다. 일 년 365일 남편의 잔병치레로 의료비 지출이 그리 클 줄은 몰랐을 것이다. 근면 성실한 회사 생활로 성공 가도를 달릴 거라는 기대와는 달리 만날 땡땡이칠 궁리나 하는 나태한 남자라는 것도 뒤늦게 알았을 것이다. 돈 욕심은 있지만 버는 재주는 없는 나에게 군대 가기 전 아버지가 피땀으로 일군 논밭을 팔아 드신 한량 할아버지의 피가 흐른다는 걸 알았을 때는 이 결혼을 무르고 싶었을지도 모르겠다.

그럼에도 신혼 시절의 우리는 각자의 생업 현장으로 출동해야 하는 아침 시간이 참 싫었다. 자산 증식과 내 집 마련이라는 보편적 과제를 달성하기 위해서라면 어떤 고통도 참아내야 하는 가난한 신혼부부였지만 신혼부부였기에 잠시도 떨어져 있기 싫었다.

몇 년 후, 직장 스트레스로 힘들어하는 워니에게 과감히 사표를 권했다. 외벌이로 남들 하는 거 다 하며 살 만큼 벌이가 훌륭하지는 않았지만 자아실현이라는 보람은 오래전에 실종되고 스트레스만 남은 직장 생활은 나 하나로 충분하다고 생각했다. 내 월급의 그늘 아래에서 워니를 편하게 살게 하고 싶었다.

한참을 고민하다가 결국 전업주부가 된 워니는 월급의 노예에서 자유인으로 신분 상승한 기쁨을 한동안 누렸다. 하지만 그것도 잠시, 노는 것도 지겨웠던지 이내 뭔 일을 벌였는데 집에서 뭔가를 만들더니 온라인에서 팔기 시작했다. 사업자등록을 한 것도 아니고, 나라에 세금을 낼 정도도 아닌 용돈벌이 수준의 가내수공업이었지만 취미 생활을 하듯 매출 압박에 시달리지 않는 자영업자는 꿈의 직업이 아니던가!

그러는 동안, 나는 회사에서 아주 병약한 직원이 되어 있었다. 툭하면 감기 몸살이라고 결근을 하고, 없는 병도 만들어서 연차를 쓰며 워니와 빈둥거렸으니 나는 분명 회사에서 정리해고 대상 영순위였을 것이다.

제주에 정착하고 우리는 아침에 헤어져 저녁에 만나던 시절과 달리 서로를 애틋해할 새도 없이 온종일 얼굴을 마주하며 살고 있다. "하루 종일 같이 지내니까 정말 행복해요"라고 말할 수 있으면 얼마나 좋겠느냐마는 부부가 같은 공간에서 같은 일을 한다는 건 스무 살의 자취방 룸메이트처럼 갈등과 다툼의 연속이었다. 가사 분담을 놓고 벌이는 보통 부부들의 다툼은 애교 수준이다. 게스트하우스를 함께 운영하는 비즈니스 파트너로서의 크고 작은 갈등과 다툼은 상상 이상으로 자주 발생했다.

날이 갈수록 갈등의 골은 깊어지고 다툼은 맹렬해졌다. 우리는 서로 다음 생에서 부디 회사 동료로는 환생하지 않기를 간절히 바랐다. 골 깊은 갈등과 맹렬한 다툼 속에서도 결별하지 않은 건 부부라는 법적 관계의 구속력이었을 것이다. 단순한 친분 관계의 파트너였다면 진작 결별하고 각자의 길을 걸었을 확률이 아주 높다. 동업의 끝은 결별과 소송이 아니던가?

부부 일심동체란 말은 우리에게는 절대로 가르침이 될 수 없고 결코 따라서는 안 될 말이다. 도리어 '부부 이심이체', '멀어지는 거리만큼 사랑은 깊어진다' 같은 속담이 없는 게 이상하다.

'사랑은 관심'이라는 등식은 일정 시간과 거리를 두는 부부에게 해당되는 것 같다. 넘치는 사랑이 필요 이상의 관심을 허용하는 건 아닐 텐데, 온종일 붙어 있어 우리는 서로의 취향과 사생활을 존중하지 않고 잔소리를 해댔다. 서로 지나치게 관심이 많았고, 필요 이상으로 참견했다. 우리 사이에 위기가 오고 있음을 알기까지 결코 깨닫지 못했으며, 깨닫기까지는 꽤나 오래 걸렸다.

부부 관계가 심각하게 손상되어 감을 깨달은 우리는 각자의 시간과 공간을 존중해 주기로 했다. 게스트하우스와 관련된 일은 본인에게 분담된 일이 아니면 신경을 껐다. 그리하여 우리는 각자의 장소에서 시간을 보내는 일이 많아졌다. 자연스레 다툼과 갈등이 줄어들었다.

침대 위에서 뒹구는 워니를 두고 나 혼자 동네 카페에서 책을 읽다 오기도 하고, 나는 마당에서 사색하고 워니는 빨래를 널었다. 내가 청소를 하는 동안 워니는 동네 산책을 가기도 했다. 한 단계 더 발전해서 한 사람은 서울 가서 놀고, 한 사람은 제주에서 노는 각자의 휴일을 보내기도 하며 서로를 애틋하게 기다리기도 하는 부부가 되었다. 적당한 무관심이 그동안 침해당한 자존감을 회복시켜 주었다.

부부란 항상 일심동체여야 하는 건 아닌 것 같다. 내적 갈등을 스스로 해소해야 하는 감정의 울타리는 배우자조차 넘어오지 못하도록 견고해야 하는 것이다. 부부이기에 서로의 영역을 침범하고 침해당하면 관계에 균열이 생긴다. 물리적 공간이든 마음의 공간이든 상대의 영역을 존중하는 것이 중요하다.

그러고 보니 행복한 결혼 생활의 조건이 꼭 운발이라고 할 수도 없겠다.

무자녀로 산다는 것

사람들은 왜 남의 일에 관심이 많을까?

11월의 끝자락. 바람이 매서워진 걸 보면 혹독한 제주의 겨울이 본격적으로 시작된 것 같다. 겨울이라 추운 건 당연하고, 추우니까 게스트하우스 손님이 뚝 끊어지는 것도 당연하다. 손님이 없으니 우리의 마음도 꽁꽁 얼어붙지만 무엇보다 겨울이면 꼭 접하게 되는 소식이 있다.

듣고 싶지는 않지만 올겨울에도 노인들의 고독사 소식을 듣게 될 것이다. 그분의 자식들은 뭘 하고 있었을까? 자식이 없었을까? 있었다면 부모를 내팽개쳐둔 막돼먹은 인간일까? 아니면 자기 한 몸도 건사하기 힘겨운 겨울을 나고 있었을까? 갖가지 상상을 하게 된다. 가족들 앞에서 편안히 맞이할 죽음조차 허락되지 않는 가난은 어디에서 비롯된 것일까? 가족과 함께 풍족한 삶을 누리고자 하는 게 어쩌면 존엄한 죽음을 맞이할 마지막 순간을 위함인지도 모르겠다는 생각마저 든다.

부유한 집에서는 부모의 위치가 절대적이고, 가난한 집에서는 자식의 작은 힘에라도 의존할 수밖에 없는 이 사회의 관습과 모순적 구조를 보아 우리가 늙어서 의존할 데라고는 자식밖에 없을지도 모르겠다.

어머니는 둘째 아들 때문에 근심 걱정이 많으시다. 말씀을 아끼시지만 아버지의 근심 걱정도 어머니 못지않을 것이다. 결혼한 지가 언젠데 아직도 자식이 없으니 거기다가 일가친척 하나 없는 제주에 가서 살고 있으니 효도까지는 바라지도 않으실 테고, 부디 하루빨리 자식이라도 하나 낳기만을 간절히 바라고 계실 것이다. 석가탄신일마다 절에 가서서 둘째아들 부부에게 자식 하나 점지해 달라고 부처님께 빌고 또 빌었을 것이다만, 아무리 부처님이라도 은밀한 부부 사이를 어쩌지는 못한다는 걸 어머니도 아시면 좋으련만.

우리는 무자녀 부부다. 아이를 가질 수 없는 생물학적 결함인지, 번식 본능을 초월해 인류의 해악을 줄이고자 하는 우주적 관점의 신념인지, 그것도 아니면 지나친 반사회적 정서에서 이어진 출산파업인지 굳이 밝히고 싶지는 않다. 늙은 부모 봉양하라고 자식을 세상에 던져놓고 싶지 않은 건 확실하다.

우리를 비롯하여 무자녀의 삶을 선택하는 부부는 아주 많다. 그런 선택에는 자식을 낳는다는 것에 대해 한 번도 고민해 보지 않은 사람이라면 상상할 수도 없을 만큼 다양하고 예민한 이유들이 있다. 그리고 무자녀라는 사실을 지탄하며 출산을 회유하는 타인들로부터 크고 작은 상처를 입기도 한다.

왜 그럴까? 왜, 사람들은 남의 일에 관심이 많을까? 무자녀 부부를 불행한 사람으로 단정해 버리기도 하고, 출산을 회유하며 남의 인생에 허락 없이 개입하려고도 한다.

출산이 가정의 완성이라며 하루빨리 아이를 낳으라고 강요하는 사람들이 많다. 그런 사람들은 아이와 씨름하는 자신의 일상을 행복이라고 위장하고 과시하려는 것으로밖에 안 보인다. 그게 아니라면 일 년에 한 번 보는 조카에게 매년 몇 학년이냐고 물어보는 것과 같은 영혼 없는 안부 인사이든지.

출산을 국가 경쟁력 기여로 평가하며 '출산은 애국'이라는 논리를 앞세우기도 한다. 생명으로서 존엄한 아이가 부모로부터 산업사회를 지탱할 부품으로 격하되어 버렸다. 제멋대로 무자녀 부부는 불행하리라 추측하고, 남의 불행에 안도하는 자신의 처지를 행복이라 굳게 믿는 사람들. 더는 만나고 싶지 않다.

과거 없는 현재가 어디 있으며, 상처 없는 영혼이 어디 있을까. 보이는 것만으로 그 사람을 쉽게 단정하는 건 아주 무례하고 경박하다. 언제나 밝은 사람이지만 그 웃음 뒤에 어떤 어두운 과거가 있는지 어떤 상처가 있는지 우리들은 절대로 모른다. 밝은 사람을 그저 밝기만 한 사람이라고 결코 단정해서는 안되는 이유다. 현재의 그 사람을 만든 그의 과거를 우리는 알 수 없기에 눈으로 보이는 모습으로 단정 짓거나, 과거를 헤집어 보고 싶어 하지 않아야 한다.

그런 면에서 제주는 참 좋다. 이 섬에 모여 사는 육지것들끼리는 호구조사를 하지 않는다. 갖가지 사연의 사람들로 넘쳐나는 제주 이주민 사회에서는 자녀가 없다는 것 정도는 애잔한 사연의 축에 끼지도 않을뿐더러, 아이는 왜 안 갖느냐고 묻거나 아이를 가져야 한다고 강요하는 이도 없다. 남 일에 관심이 없다기보다는 가치관이 제각각인 타인의 삶의 방식을 존중하는 것이다.

아이들은 참 귀엽다. 깨물어주고 싶을 만큼 사랑스러운 조카들을 보면 내게도 자식이 있다면 얼마나 예쁠까 싶다. 눈에 넣어도 안 아플 것 같았던, 이제는 커서 눈에 들어가지도 않을 조카들이 설령 미운 짓을 해도 혼내지 못할 것 같다. 그러니 내 자식이라면 애지중지 얼마나 버릇없이 키우게 될까도 싶다.

같이 사는 하얀 고양이 마리는 우리에게 자식이나 마찬가지다. 아파서 빌빌대던 어린 시절, 막대한 병원비를 지출한 소생술로 살아나기까지 우리를 애태웠던 만큼 동물치고는 사랑을 과하게 받고 있는 놈이다.

마리는 국가 경쟁력에 전혀 도움이 되지 않는다. 나라의 꿈나무도 아니고 미래도 아니다. 그냥 살아 있기만 하면 우리에게 사랑받는 존재다. 자신의 행복을 위해서 마리가 해야 하는 일이란 숨만 쉬면 되는 것이다. 교육의 대상도 아니어서 뭘 잘하는지 뭘 못하는지 평가의 대상도 아니고, 뭘 잘한다고 자랑거리도 아니고 뭘 못한다고 창피할 것도 없다.

가끔 애묘인이나 애견인을 만나면 학부형들처럼 자기 고양이, 강아지 자랑하느라 바쁘다. 대화를 이어갈 공감대가 충분하니까. 반면 동물을 키우지 않는 사람과는 우리 마리가 별 대화거리가 안 된다. 한 줌의 공감대도 없는 마리 이야기를 굳이 꺼낼 이유가 없다. 그것이 상대에 대한 존중이자 대화의 기본이다.

아이가 없는 우리의 현재는 양어깨로 전해지는 삶의 무게가 비교적 가볍다. 생계가 절실한 건 누구나 마찬가지겠지만 성장하는 자녀의 훗날을 대비한 재산 축적의 압박 없이 현상 유지만이라도 가능한 지금에 만족하며 살게 된다.

아름다운 자연을 자신의 분신과도 같은 아이와 공유하고 즐기는 삶이 멋진 만큼 누구의 방해도 받지 않고 빛나는 자연 아래 사색하는 것도 멋진 일이다.

게스트하우스를 운영하며 생계를 이어가는 것 말고, 책을 읽고 글을 쓰며 사는 일상의 기쁨을 그 누구도 방해하지 않는, 온전히 내 삶에 집중하고 있는 만족감도 존중되길 바란다.

당근숲에 비가 내린다

여행자 스스로 발견해야 하는 것

학창 시절, 비가 오면 우산을 접고 온몸으로 비를 맞으며 집으로 돌아오는 날이 많았다. 그때는 내 몸이 아니라 우산을 타고 흘러내리는 비는 생명을 잃은 물방울로 여겨졌다. 쓰지도 않을 우산을 챙긴 건 아마도 습관적인 준비성 때문이었을 것이다. 비를 피하려는 의도는 애초에 없었다.

비에 젖은 옷 때문에 어머니께 매번 야단을 맞았지만 그 시절에 유일하게 세상과 단절되는 느낌은 비를 통해서만 받을 수 있었다. 이유는 알 수 없었지만 단절은 나에게 안정감을 주었다.

지금도 비가 오는 날에는 알몸이 되어 비를 맞고 싶지만 그럴 수는 없다. 알몸으로 마당에 나갔다가는 변태로 오인받을 게 뻔하고, 진짜 변태는 아닌지 나조차 나를 의심하게 될지도 모른다. 또, 이제 비에 몸이 젖으면 가차 없이 감기에 걸릴 나이라는 게 비를 맞을 수 없는 궁색한 이유다.

제주에 살고부터는 비가 올 때마다 창가에 앉아 집 앞의 당근밭을 하염없이 바라본다. 그러고 있으면 비가 물의 장막이 되어 나를 가두어 버리는 듯한 느낌에 빠져든다. 그리고 아무도 볼 수 없을 만큼 내가 점점 작아지는 것을 느낀다. 거대해진 주위의 모든 것들에 파묻혀 세상의 그 무엇도 나를 위협하지 못할 것만 같은 안정감에 빠져든다. 그리고 상상한다. 물의 장막에 갇힌 나는 아무도 모르게 당근밭을 걷는다. 오래전 비를 맞으며 집으로 돌아가던 그 길에서처럼 온몸으로 비를 맞으며 숲이 된 당근밭을 걷는다.

유난히 비가 많은 곳을 찾아 제주에 살고 싶어 했는지도 모른다. 제주에 살고 있는 지금 나는 매일매일 비를 기다린다. 화창한 날씨를 기대하는 여행자들에게 며칠의 휴가가 얼마나 소중한 것인지 잘 알면서도 매일 비를 기다리는 나는 직업의식이 결여된 몹쓸 게스트하우스 주인일지도 모른다. 비가 오면 빨래부터 걱정해야 하는 워니에게도 나는 참 철없는 남편인지 모른다.

일기예보에 비 소식이 있으면 객실 예약을 취소하는 손님이 종종 있다. 바람은 잔잔하고 하늘은 청명해야 휴가를 알차게 보낼 수 있을 텐데 연중행사 같은 휴가에 비는 천재지변과 다름없을 것이다.

비행기가 결항될 정도가 아닌 이상 비가 내린다는 건 제주에서 흔한 일이다. 하지만 안타깝게도 우리 집 규정은 비행기가 결항되었을 때만 숙박비가 전액 환불인 걸 어떡하나! 비가 온다는 이유로 숙박비를 전액 환불해 줬다가는 은행에 지불해야 하는 이체 수수료가 수입과 맞먹을지도 모른다.

무엇보다 안타까운 건 비 내리는 제주 바다가 얼마나 아늑한지, 습한 기운을 내뿜는 숲의 물안개가 얼마나 몽환적인지, 송알송알 빗방울이 맺힌 창밖의 제주 풍경이 얼마나 운치 있는지 모르는 사람이 너무 많다는 것이다. 사실은 그런 뜻밖의 풍경에 감탄할 여유가 없는 것이 바쁜 현대인의 여행일 수도 있겠다는 생각이 들어 더 안타깝다.

나만큼이나 비를 좋아하는 손님들도 많다. 비가 오면 가려고 아껴 두었다며 비 내리는 날 주섬주섬 비옷을 챙겨 일부러 숲을 찾는 손님이 있다. 비는 잠을 부른다며 하루 종일 객실에서 잠만 자며 몇 년간 누적된 만성피로를 해소하는 손님도 있다. 진한 커피를 마셔야 한다며 책 한 권을 챙겨서 근처 카페로 가는 손님이 있는가 하면, 평소에는 갈 생각도 안 하던 옆 동네 해녀박물관 전망대에서 종일 비 오는 바다를 보는 손님도 있다.

비 내리는 제주의 운치 있는 장소는 그 누구도 아닌 여행자 스스로가 발견하는 것이다. 나의 당근숲처럼.

그리운 누군가를 찾아서

책장에 숨은 너와 재회하고 싶다

제주도 시골 마을에 살면서 좋은 것 중 하나가 도서관이 아주 가까이 있다는 것이다. 읍 단위마다 하나씩 있는 도서관은 인구에 비하면 과하다 싶을 정도로 규모가 크고 시설이 좋다. 이용객도 많지 않아 개인 서재 같은 느낌이 든다.

이름도 예쁜 우리 동네 도서관, 동녘도서관.

요즘 개인 서재이자 자료실로 자주 애용하고 있다.

평소에는 도서관 이용이 드물었다. 2주라는 도서 대여 기간이 주는 심리적 압박 때문에 책을 읽는 것이 숙제처럼 다가오는 게 싫었다. 책이란 나의 지적 허영심의 산물이자 정신세계를 지배하는 정체성이라 여기기에 대여해서 읽기보다는 구입해서 읽고 소장하는 게 좋았다. 책을 소장한다는 건 집을 거대한 자료실로 만드는 과정이기도 하다. 이유 없이 갑자기 어떤 문구나 장면이 떠오를 때 기억을 되살리기 위해서 책장 속의 책들을 뒤져 해당 부분을 찾아내면 속이 시원해진다. 원하는 부분을 찾을 때까지 하염없이 책장을 넘기다 보면 책에도 PC처럼 Ctrl + F 같은 검색 기능이 있으면 좋겠다는 생각이 든다.

글을 쓰기 시작하면서 그런 경우가 훨씬 많아졌다. 작지만 집 안의 자료실은 필요한 자료를 찾고 오래전의 영감을 떠올리는 데 많은 도움이 된다. 경제력이 허용될 때까지 앞으로도 되도록이면 많은 책을 소장해서 지금보다 더 거대한 자료실로 만들고 싶다.

그리고 숨을 거두기 전, 유서에는 이렇게 쓸 것이다.

"사랑하는 남겨진 이들이여! 이 몸이 일생 동안 모은 재산을 사회에 환원코자 한다. 여기 내가 일평생 이용해 왔던 온라인 서점의 아이디와 패스워드를 적어둔다. 로그인을 하면 수천만 원의 적립금이 쌓여 있을 것이다. 갈 길 잃은 사람들의 나침반이 되어주는 데 사용하길 바란다."

현재의 내 경제력으로는 매번 책을 사서 보는 데 한계가 있다. 필요한 자료를 찾아보려면 집과는 비교도 안 되는 방대한 책을 보유한 동네 도서관을 이용하는 수밖에 없다.

최근 동네 도서관을 자주 찾게 되면서 그곳은 어느새 편안한 장소가 되었다. 2주라는 대여 기간이 더는 압박이 되지 않았다. 도리어 오늘은 어떤 새로운 책을 만나게 될지 도서관에 가는 길이 설레기도 한다. 자료실을 들어서면 여기저기서 "우리 모두 널 위한 거야. 아무거나 골라 가"라고 속삭이는 것 같다.

오래전, 대학교 신입생 시절은 참 외로웠다. 스무 살이 되어서도 새로운 친구를 사귀기 힘들 만큼 숫기가 없어 수업이 빌 때면 혼자 도서관에서 시간을 보냈다. 지성과 교양, 학문의 요람인 대학교 도서관에서 시간을 보내는 동안 고전문학·역사·사회과학에 심취했다면 내 인생 조금은 달라졌을까? 안타깝게도 누드 사진집을 주로 탐독했다. 아니 탐닉에 가까웠다. 나체의 에로틱을 넘어 인격이 배제된 육체의 원초적인 아름다움과 생명력을 발견하는 게 아니었다. 그저 음탕한 상상력만 발휘했던 혈기왕성 욕구충만형 감상이었다.

작가들의 예술 정신을 잡지 〈선데이서울〉과 동일시하는 누를 범하는 동안 1학기가 끝났다. 한 학기 만에 바닥나 버린 누드집의 부실한 소장량이 아쉬웠다. 아름답고 관능적이고 풍만하고 야했던 사진 속 그녀들이 빨리 잊혀져 버린 것도 아쉬웠다. 감동 없이 기억이 지속되기란 불가능한가 보다.

어린 시절, 책은 해방이었다. 군대 간 아들의 책장을 정리하는 이웃집에서 책을 얻어다 읽고, 친구 누나의 연애소설을 빌려다 읽었다. 특별히 심취한 장르나 분야는 없었다. 내 인생의 책이라고 할 만한 것도 딱히 없는 가벼운 독서력이었다. 다만 책으로부터 얻은 건 해방감이었다.

엉망이었던 학업성적 때문에 어느 정도 예측 가능했던 미래에 대한 불안으로부터의 해방이었고, 나중에 제 밥벌이는 할 수 있기만을 바라던 부모님의 걱정으로부터의 해방이었다. 그리고 벗어날 수 없을 것 같은 촌구석에서의 지긋지긋함으로부터의 해방이었다.

무라카미 하루키의 《해변의 카프카》

강한 인상의 소설은 아니었다. 다만, 하루키식 성교 묘사는 야설계에 새로운 지평을 연 것 같았달까! 동물적 욕망만을 분출하던 기존의 야설, 야동의 흔한 음담패설과는 분명히 격이 다른 품위와 격조를 겸비한 고수의 묘사였다. 하지만 인륜을 거스른 변태적 설정은 차마 입에 담기에는 거북했다.

무수히 읽고 본 야설과 야동의 스토리가 하나도 기억나지 않는 것처럼 《해변의 카프카》 역시 하드코어한 근친상간을 다룬 자극적인 이야기로 기억되다 별 감흥 없이 잊힌 소설일 뿐이었다.

몇 년 후, 이 소설을 다시 읽게 되었다. 두 권으로 나누어진 그 두꺼운 책을 또 읽게 된 건 그의 대표작 《상실의 시대》를 뒤늦게 읽고 무라카미 하루키라는 거장을 재발견했기 때문이었다.

1권의 중반쯤부터 예전에 읽었던 것이 기억이 났다. 그렇다고 책을 덮어버리기에는 주인공 소년 카프카에게 너무 깊이 몰입해 있었다.

거부할 수 없는 저주에 결코 맞서지 못하고 방황하고 갈등하다 도피하여 숨어들어간 숲의 오두막. 이계와 영계가 연결되는 그 숲에서 되찾는 소년의 자아는 엉뚱하게도 내 삶이 나아갈 길을 제시하는 것 같은 황당한 생각이 들기도 했다. 그리고 몇 년 전에 하루키를 근친상간이라는 자극적인 소재에 문학적 색채를 약간 입혀 신선한 자극을 좇는 대중작가로 치부했던 나의 저렴한 양식에 죄의식을 느꼈다.

세상에 공감 없는 감동이 있을까? 카프카가 나 같고, 내가 카프카 같았다.

J. D. 샐린저의 《호밀밭의 파수꾼》

주인공 홀든을 처음 만난 건 고등학생 때였을 것이다. 흐릿한 기억으로 청소년 권장 도서였던 것 같다. 그놈의 청소년 권장 도서가 문제다. 《해변의 카프카》를 읽고도 한낱 야설로 치부했던 저렴한 양식을 생각하면 얼굴이 화끈거리고 민망하지만 나의 문학적 수준이 그것밖에 안 되는 걸 어떡하나? 그런 나에게 교육청에서 하달한 청소년 권장 도서 목록은 청소년들에게 독서의 고귀한 즐거움을 빼앗고 공부나 열심히 하라는 메시지로 보였다. 목적이 무언지 모를 교육청의 지시 사항을 무시했기에 망정이지 시키는 대로 헤밍웨이와 톨스토이와 도스토옙스키의 작품을 읽었다면 그 시절의 나에게는 허무하고 지루하고 의미 없는 시간 낭비에 불과했을 것이다.

어쨌든 그들이 권장해서 읽은 건 절대 아닌 《호밀밭의 파수꾼》을 읽고 나서 우리에게 왜 이런 걸 읽으라고 했을까 고민했다. 주인공처럼 반항하면 개고생 한다는 걸 가르치고 싶었던 걸까? 교육청도 이해할 수 없었고 주인공 홀든도 이해할 수 없었다. 홀든은 지질하기 짝이 없는 소년이었다. 읽는 내내 오기와 불만투성이인 그 소년의 미래를 걱정하게 되는 어두운 이야기로 그렇게 잊힌 소설이었다.

성인이 되어 책장에 꽂혀 있던 홀든을 다시 만났다. 홀로 지내던 도시 생활의 외로움과 힘든 사회생활에 지쳐 있었고, 삶의 고민이 극에 달하던 시기였다. 그때 하필이면 가슴 한구석에 웅크리고 있던 홀든에 대한 연민과 동정이 떠오르며 그 녀석이 갑자기 그리워졌다. 그 소설을 다시 읽으며 홀든이 느꼈던 세상에 대한 혐오와 환멸에 심히 공감했으며 나를 누르던 심리적 시련에 위로를 받았다.

카프카가 숨어 들어간 그 숲을 찾고 싶었다. 이계와 영계가 이어져 있던 그 숲처럼 시련뿐인 도시에서 행복이라는 희망이 발견되기를 바랐다.

세상에 대한 혐오와 환멸로 가득했던 홀든처럼 나 역시 사람들에게 까칠했었다. 대부분의 관계를 회피하려던 나는 그의 유일한 위로였던 여동생 피비의 존재 같은 관심과 사랑과 위로가 필요했음을 누군가 알아주길 바라며 도피를 꿈꿨다.

지금 책장에 꽂힌 무수한 책들 중 다시 읽어봐야 할 책을 선별할 참이다. 나와의 재회를 기다리는 누군가가 숨어 있을지도 모르기에.

꿈, 비장하지
말지어다
무슨 수를 써도
태양까지는
갈 수 없음을

제주 시내로 가는 길. 집에서 시내까지는 한 시간이 걸린다. 직장인들의 평균 출퇴근 시간과 별 차이가 없지만 큰맘을 먹어야만 다녀올 수 있을 정도로 섬의 시간과 거리는 도시와는 많이 다르다. 팔라우에서 살다가 왔다는 한 손님은 10분 거리의 마트도 가기 싫어서 30분을 뭉그적거리다가 겨우 다녀왔다고 하니 제각각의 크기를 가진 세상의 섬들에는 각기 시간과 거리가 따로 있는 것 같다.

길게 뻗은 한적한 도로를 규정 속도를 준수하며 달리기 위해서는 고도의 집중력이 필요하다. 잠시라도 정신을 놓으면 어김없이 내비게이션에서 속도위반 경고음이 울린다.

불쑥 나타나는 어린이 보호구역 앞에서는 살포시 브레이크를 밟아 주어야 한다. 규정 속도인 시속 50킬로미터로 스쳐 지나가는 시골의 초등학교는 곁눈질로만 잠깐 보아도 참으로 운치 있다. 여행객으로서는 좀처럼 발견하기 힘든 제주의 풍경이다. 운동장에는 도시의 조기 축구회 아저씨들이 열망해 마지않는 잔디 구장이 완비되어 있다. 정화 구역이라는 이름으로 통제해야 할 유해 업종을 걱정할 필요도 없다. 이 시골의 초등학교에 유괴범이 노리는 부유층의 자녀가 다닐 리도 만무하기에 아이들의 하굣길 안전을 위해 마중 나오는 보호

자도 필요 없다.

평화로워 보이는 학교가 우리 동네에도 하나 있다. 가끔씩 산책을 다녀오기도 하는 곳인데 그 초등학교에서 유일한 어린이 유해 환경을 목격하게 되었다. 학교 어디에서든 잘 보이도록 크게 설치해 놓은 '큰 꿈'이라는 문구다.

큰 꿈이라니! 큰 꿈이라니! 크기에 대한 개념도, 꿈에 대한 개념도 없는 어린아이들에게 세속적 성공을 좇도록 선동하는 대단히 유해한 문구다. 어느 초등학교를 가도 '크고 위대한 꿈'이나 '야망을 가져라' 등의 문구가 어김없이 있다. 내 어린 시절의 초등학교에도 거대한 바위에 그런 문구가 새겨져 있었던 것 같다.

하루 세 끼 아니 다섯 끼 정도는 먹으며 무럭무럭 자라기만 하면 그만일 아이들에게 크고 위대한 꿈을 가지라니! "위대한 수령 동지"라고 새긴 북쪽마을의 유일신 찬양 문구와 별반 다르지 않다.

내가 초등학교 시절, 시골의 아이들은 매일 과목을 바꿔가며 교과서를 빨갛게 물들이는 도시락 김칫국 때문에 스트레스를 받고 있었다. 좀 더 고차원적인 고민이라면 올해의 채변검사에서는 부디 회충이 안 나오기를 바라는 것 정도가 고작이었다. 아무리 시골이라지만 어째 어린 시절이 6·25 사변 때 같으냐고 할 수 있겠지만 실제로 장모님의 한국전 피난 시절과 동질감을 나누는 내 어린 시절의 시골은 그랬다.

그 시절 우리에게 꿈이란 클 수도 없고 위대할 수도 없는 뜬구름 같은 것이었기에 새 학년이 되어 꿈을 발표하는 시간이 오면 매우 곤혹스러웠다. 하교 후에는 산으로 들로 뛰어다니며 놀았던 우리가 뭔 꿈이 있었겠으며, 있다 한들 농사짓느라 고생하는 부모만 보고 크는 아이들이 농사는 절대 안 짓겠다는 꿈 말고 뭐가 있었겠는가!

꿈, 크고 위대한 꿈이 없다는 건 이 나라를 짊어질 꿈나무로서의 심각한 결격 사항이었고, 그건 곧 학교에서 상담 대상이 되어 문제아로 낙인찍히는 것이었다. 뭔지는 모르지만 뭔가 꿈을 가지긴 해야 했다. 그 시절 나를 포함한 전교생은 꿈이란 세상에 존재하는 무수히 많은 직업들 중에서 하나를 선택해야 하는 것으로 생각했다. 아마 전국의 초등학생들이 비슷하지 않았을까? 그런 잘못된 생각을 바로잡아줄 의지가 없어 보였던 선생님조차도 어쩌면 꿈과 직업을 동일한 의미로 생각하고 있었을 것이다.

발표해야 하는 꿈의 종류에는 나름의 규칙이 있었다. 첫째는 비교적 사회적

인식이 높은 직업이어야 한다는 것이었다. 대부분의 아이들은 의사, 판사, 검사, 외교관, 과학자, 거기다 대통령까지 하나같이 꿈이 야무졌다.

둘째는 공부를 잘해야만 가질 수 있는 직업이어야 했다. 혹여 운전기사나 청소부가 되고 싶다고 했다가는 기껏 꾼다는 꿈이 그 따위냐는 비아냥거림을 듣고 부모님과 상의해서 다시 발표해야 했다.

셋째는 그 직업을 원하는 이유가 반드시 공익을 목적으로 해야 한다는 것이었다. 예를 들어, 의사가 되어 불쌍한 사람들의 병을 고쳐주겠다거나 과학자가 되어 많은 사람들을 편리하게 해줄 것을 발명하겠다고 해야 하는 것이다. 의사가 되어서 돈을 많이 벌어 안정적으로 살다가 편안한 노후를 보내겠다고 했다가는 천하의 못돼먹은 어린이 취급을 받았을 것이다.

학교는 인간적인 삶이란 어떤 것인지 가르치지 않았고, 거창한 꿈 하나를 숙제처럼 떠안겼다. 물론 아이들은 자기가 발표했던 꿈을 실현하기 위한 비장한 마음가짐 같은 건 없었다. 자기가 발표해 놓고도 그게 뭔지도 몰랐으니까.

나는 어떤 호기심 때문에 라디오를 뜯어본 적이 없고, 뭘 발명하겠다며 집을 어지럽혀 부모님께 혼난 적도 없지만 학년마다 발표했던 꿈은 어이없게도 과학자였다. 아무 의미 없었다. 로보트 태권V를 보고 감동을 받아서였는데, 로

봇이 되고 싶다고 말할 순 없으니 과학자라고 한 것뿐이었다. 내 어린 시절의 꿈이란 누군가가 딱 정해둔 범위 내에서 선택해야 하는 반강제적인 것이었으며, 공교육의 탈을 쓰고 강요한 저급한 위선이었다.

꿈을 이루기 위해서는 소중한 뭔가를 희생해야 할지도 모른다. 어쩌면 큰 고통을 감내해야 할지도 모른다. 꿈을 이루기 위한 비장함으로 무장해 있지 않는다면 어느새 꿈을 잊어버리고, 하루하루 살아가는 데만 급급해질 것이다.

나는 꿈을 위한 비장함이라는 것이 언젠가부터 불편하게 느껴졌다. 모든 일에 죽기 살기로 달려들며 치열하게 살아야만 하는 한국 사회의 분위기를 버텨내지 못했기에 스스로 나를 사회 부적응자로 분류할 수밖에 없었다.

비장함에는 절실함이 내재되어 있다. 그 절실함의 이면에는 실패의 두려움이 숨어 있다. 그래서 꿈은 비장하면 비장할수록, 절실하면 절실할수록 실패했을 때 받는 상처와 아픔이 크다.

나는 나이가 들수록 진지하고 거창한 주제들과 의도적으로 멀어지고 싶은 것 같다. 술자리에서는 시시껄렁한 이야기를 하며 웃고 떠들게 되고, 영화도 주로 오락성 짙은 장르만 보고 있다. 만사를 가볍게 대하는 것은 비장함으로 무장되어 있는 불편한 사회에서 멀어지려는 발버둥일지도 모른다. 생각해 보면 9시 뉴스에서 일일드라마로 취향을 급선회하셨던 중년의 아버지 역시 양어깨가 가벼워지고 싶은 자유를 갈망하셨으리라.

꿈은 족쇄가 아니다. 꿈이라 믿고 걸어온 길이 잘못된 길임을 알게 되는 순간, 대부분의 사람들은 이루 말할 수 없는 박탈감을 느낀다. 한번 정한 꿈을 바꾸면 안 된다는 법은 없다. 하지만 다른 길을 찾아보기에는 패배감이 너무도 크다. 어릴 때부터 크고 위대한 꿈을 강요당했기에 꿈이라는 것은 조급하고 초조하고 비장할 수밖에 없는 것일까? 나 또한 길을 잃어버려 방황했던 오래전 그때를 떠올리면 괜히 멋쩍어진다. 삶에 대한 고민만 놓치지 않고 살아간다면 제 갈 길은 이내 다시 찾아지게 된다는 걸 그때는 몰랐었다.

지나치게 비장한 각오로 출발을 했다가 '이 길이 아닌가'를 깨닫는 순간, 안 그래도 힘든 세상 온갖 상처와 아픔으로 마음이 난도질당할지도 모른다. 그러니 꿈을 향해 가는 길, 비장함을 내려놓고 가볍게 좀 걸어가면 어떨까?

어차피 꿈을 이루는 게 인생의 마지막 단계도 아니다. 꿈에 닿았다고 기뻐하기도 잠시, 더 높은 차원의 꿈을 향해 달리라고 누군가 혹은 이 사회가 또 강요할 것이다.

제주에서 게스트하우스를 운영하며 생계를 해결하고 있지만, 내가 하고 싶은 일은 책을 많이 읽고 틈틈이 글을 쓰는 것이다. 나의 글쓰기는 비장함으로 무장한 거창한 꿈이 아니다. 치열하고 처절하게 자신과 싸우며 뭔가를 희생하고 고통을 감내해야 하는 것도 아니다. 신춘문예에 당선되어 문단에 이름을 올리고 말겠다든지, 10만 부를 판매하는 인기 작가가 되고 싶다든지 하는 목표가 있는 것도 아니다.

내가 가진 능력 이상의 성과를 위해 뭔가를 희생하거나 고통을 감내하고 싶지는 않다. 물론 창작이란 어느 정도의 고통을 동반하지만 그 정도는 운동하면서 흘리는 땀 정도라고 생각한다. 사람들에게 인정받는 결과물만이 성취감과 보람을 주는 것이라 생각하지 않는다.

혹자는 태양을 겨냥해서 화살을 쏴야 날아가는 새라도 한 마리 맞출 거 아니냐고 하지만 태양을 향해서 날아가던 화살이 뜻밖에 새를 맞추면 거기서 성취감을 느낄 수 있을까? 애꿎게 화살 맞은 새만 불쌍하다. 그리고 무슨 수를 써도 태양까지는 화살이 닿지 않는다는 현실에 낙담할 것이다.

글을 쓴다는 것

작가란 무엇인가?

넓은 창으로 한눈에 들어오는 바다. 이차선 해안도로를 사이에 두고 저만치 떨어진 바다가 오늘은 잔잔하다. 집을 덮칠 듯 파도가 높았다가도 다음 날은 옥빛 양탄자를 깔아놓은 듯 요동 없이 잠잠해지는 바다다. 가깝지만 만질 수는 없는 눈앞의 바다를 안으로 들이기 위해 넓게 창을 뚫어 놓은 카페에 노트북을 펴고 앉았다.

객실 청소를 끝내고 나도 오후는 도통 한가하지 않다. 빨랫감이 적게 나와 굳이 세탁기를 돌리지 않아도 되거나, 손님들의 퇴실이 유난히 빨라 청소가 일찍 끝나는 날이어야 그나마 한가한 오후를 보낼 수 있다. 장사치로서 새벽에는 글을 쓸 수 없기에 오후에 허용된 몇 시간이라도 최대한 활용하기 위해 동네 카페로 달려와 자리를 잡았다.

뜨거운 아메리카노를 놓아두고, 머리를 쥐어뜯는다. 노트북 화면에는 몇 줄의 글 뒤에 오래도록 커서가 깜빡인다. 갑자기 휴대폰이 울려 메마른 정적을 깬다. 집중하는 동안 휴대폰을 꺼둘 수 없는 건 익명의 예약 전화를 한 통이라도 놓쳐서는 안 되는 게스트하우스 주인의 직업의식 때문이다. 한순간 집중력을 깨버리는 벨소리의 주범이 스팸 전화라면 순간적으로 전화기를 집어던지고 싶어지기도 한다.

209

다행히 발신자는 친하게 지내던 직장 동료였다. 예약 전화보다 더 반가웠다. 뭐하냐는 안부에 "응, 지금 글 쓰고 있어"라고 대답하지 못했다. 글을 쓰는 사람을 작가라 하고 나는 작가가 아니니, 글을 쓰고 있다고 말할 수 없었다.

글을 쓰는 작가는 모든 면에서 나와는 차원이 다른 경지에 달한 사람들이라고 생각했다. 세속적인 학위와는 무관하게 배움의 과정이 완성되었으며, 인간에 대한 이해와 폭넓은 시야로 세상을 바라보는 지적인 인간의 결정체로 생각해 왔다. 내가 잘하고 싶은 걸 실제로 잘하고 있는 사람에게 가지는 경외감은 당연한 것이다.

세상에 글을 내놓는다는 건 머릿속에 복잡하게 얽힌 이야기들을 거침없이 표현해 내는 입신의 경지에 달한 사람만이 할 수 있는 일이라고 생각했다. 회사 일처럼 지지부진하고, 효율성은 떨어지고, 중간에 갈 길을 잃어 방황하는 과정은 일체 없이 말이다.

배움의 깊이가 얕은 나는 지성과는 거리가 멀다. 글의 뿌리가 될 경험과 기억과 상상력은 지금껏 살아온 궤적만큼이나 초라하다. 그리고 사실관계를 순차적으로 나열하는 것조차 어려워할 만큼 글쓰기에 재능이 부족함을 통탄하고 있다. 대뇌와 전두엽의 주름 틈새에까지 끼어 있는 작은 소재들을 끄집어내서 하나의 이야기로 완성하는 일은 어렵게만 느껴진다. 이런 나와는 달리 모든 걸 알고 모든 걸 쓸 수 있는 '전지전필'한 세상의 모든 작가들은 결코 나와 같은 고뇌와 싸워가며 글을 쓰진 않을 것 같았다.

수많은 단어들을 조합하며 홀로 고군분투하는 시간이 길어질수록 세상 작가들의 '전지전필'함에 의심이 들기 시작했다. 평소 경외감 가득했던 존재의 능력을 의심하는 것은 신성모독의 불경죄에 가깝지만, 글이라는 어려운 창작을 재능만으로 쉽게 해내는 사람이 있다면 세상은 너무나 불공평한 게 아닐까. 그건 곧 어떤 분야에서든 재능이 없는 사람은 패배자로 살아갈 수밖에 없는 세상이라는 뜻일 것이다. 세상의 작가들을 향한 신뢰보다는 그럭저럭 살 만은한 이 세상에 대한 믿음이 더 큰가 보다.

작가란 무엇인가? 대단할 것 없는 집안에 한 명쯤은 있으면 좋을 것 같지만, 밥벌이나 할 수 있을지 걱정하는 부모님을 걱정해야 하는 그런 직업일지도 모른다. 자식이 작가라고 어디 가서 한 번쯤은 자랑할 수 있는 직업일지도 모르지만, 마음속으로는 과연 자랑스러워할지 의문이다.

작가란 국가공인 자격증은 없는 직업이기에 아무나 할 수 있는 일이지만, 그렇다고 또 아무나 할 수 없는 일이기도 하다. 아직 세상에 글을 내놓지 않은 나는 작가가 아닌가? 세상에 내놓기 위해 글을 쓰고 있는 나는 작가인가? 술술 풀리지 않는 이야기 앞에서 별 시답잖은 상념에 빠져들었다. 잔잔하게 넘실대던 바다가 어느새 옥빛 양탄자가 되어 있었다.

집으로 돌아가는 길에 동네 도서관을 들렀다. 작가라는 직업은 무엇으로 얻어지는지, 세상에 글을 내놓기 위해 작가들은 어떤 여정으로 글을 쓰는지 탐독하기 위해서 글쓰기 관련 도서를 몇 권 대출했다.

밤을 새우다시피 해서 속독한 책들에서는 하나같이 글은 엉덩이로 쓰는 것이라고 했다. 매일 의자에 엉덩이를 붙이고 앉아서 규칙적으로 정해진 분량을 숙제처럼 쓰라고 강조했다. 글 쓰는 능력은 타고나는 것이 아니라 누구라도 습득이 가능한 기술이라며 나를 위로하기도 했다.

한국을 대표한다고 해도 무리가 없을 한 거장도 매일매일 일정 분량의 글쓰기를 습관처럼 해왔으며 글쓰기는 생전 해도 숙련이 안 되는 것이라고 했다. 영화 시나리오를 쓰고 있는, 진작 작가 반열에 올라선 동네 친구도 시간을 정해서 일정 분량을 매일 쓰는 게 중요하다고 조언을 보탰다.

세상에 창작의 고통 없이 손쉽게 글을 쓰는 작가는 없나 보다. 그리고 무언가 한 가지 이상은 결핍된 채로 내려주는 게 재능인가 보다. 나에게 글을 쓰는 재주가 있는지 없는지는 생각하지 않기로 했다. 어차피 별일 없이 살아온 지금까지의 삶도 어떤 재능이 필요했던 건 아니었으니까. 숨만 쉬면 살아지는 것처럼 쓰다 보면 써질 것이다.

한 페이지의 글을 완성한다는 건 문장을 연결하기 위한 부사를 "그러나"로 할까 "그런데"로 할까 "하지만"으로 할까, 목적어를 "사람"이라고 할까 "사람들"이라고 할까 "그들"이라고 할까 끊임없는 고민의 연속이다. 자칫 방심하면 "그러나"와 "하지만"의 용도를 명확히 구분하지 않고 써나가게도 된다.

구사 가능한 단어의 수가 빈약하기 그지없는 뇌 용량을 자책하는 심오한 자기반성의 시간이기도 하고, 한 페이지에 같은 단어가 몇 번이나 반복되었는지를 파악해야 하는 처절한 자기검열의 시간이기도 하다.

글을 쓰는 작업은 무엇보다 엉덩이와 의자의 밀착력에 절대적으로 의존하는 그야말로 시간 집약형 노동에 가깝다. 의자에 엉덩이를 붙이고 앉아 키보드

위에 손가락을 얹은 채 한참이나 모니터를 바라봐야 겨우 몇 줄을 쓸 수 있다. 재능도 없고 감성도 없고 배움도 없는 나 자신을 인정하고 어떻게든 그걸 극복하기 위해 버티는 시간이다.

폼 나고 멋지지만, 가식 없는 단어들을 발견해 내야 하는 것도 중요한 과제다. 그 과정에서 마음에 드는 단어를 찾은 순간의 기쁨은 이루 말할 수 없다. 글쓰기란, 모방과 창작의 구름다리를 살얼음을 걷듯 사뿐사뿐 오가며 나만의 문체를 만들어내야 하는 교활한 과정이기도 한 것 같다.

그렇게 나는 회사일처럼 지지부진하고, 효율성은 떨어지고, 이거 써봤다 저거 써봤다를 반복하고, 깜박이고 있는 커서의 다음 갈 길을 자주 잃어버리며 힘겹게 글을 쓰고 있다.

글을 쓰기 위해서는 머릿속의 구석으로 밀어넣어놨던 하찮은 기억과 상상과 망상을 전부 끄집어내야 한다. 결코 하찮지 않은 이야기로 만들어 활자화하는 과정에서 자주 부딪히는 높은 벽을 뛰어 넘기 위해 수없이 고뇌하고 중간에서 길을 잃고 헤매다가 다시 갈 길을 찾아가는 것. 글을 쓴다는 것은 그런 과정의 반복인 것 같다. 그렇게 쓴 글이 탈고 과정을 거쳐 세상 밖으로 나올 수 있기를 바라지만, 나만의 습작으로 남게 된다 해도 아쉬울 건 없다. 과정을 경시한 결과 지향의 끝은 실패의 상처 아니면 성공의 허무뿐일지 모른다.

내 글의 무엇이 성공인지, 무엇이 실패인지 규정되어 있지 않은 나로서는 오로지 책 한 권 분량의 원고를 완성하는 데만 의미를 두지 않는다. 지식의 축적과 지성의 과시를 위해 책을 읽는 것이 아니듯이, 글을 쓰는 것 역시 오로지 작가가 되기 위함이 아니다.

열등감과 상실감에서 해방되어 나의 세계를 구축하게 해주었던 책과 같이, 글을 쓰는 것 역시 상념 속의 비루한 추억과 상처를 밖으로 꺼내는 과정이다. 나의 이야기를 특별할 것 없는 보통 사람들이 조금이나마 공감해 준다면 그것만으로도 충분하다.

삐딱한 나를
도저히 봐줄 수 없다

나의 도시는
화려하지 않았다

가끔씩 발동하는 구매 욕구, 흔히들 말하는 지름신이 나에게도 가끔은 강림한다. 그 무시무시한 신병에 한 번 걸리면 잠자고 있는 공인인증서를 불러와 구매 버튼을 누르는 신내림 굿을 하기 전까지는 이성을 잃고 있다. 그래봤자 몇 권의 책이나 싸구려 운동화 정도를 살 뿐이지만.

동심의 재현을 위해 고급 장난감에 심취하거나, 고가의 자동차나 전자기기를 사고 싶은 것이 보통의 남자들에게 강림하는 지름신인 것 같다. 하지만 나는 예전부터 그런 걸 갖고 싶었던 적은 없었다. 특히 굴러가는 기능 외에 자동차의 다른 성능에 대해서는 집착하지 않는다.

나는 정기적으로 책을 사고 싶어서 안달이 난다. 책이 가득 든 택배 상자를 풀 때의 희열은 달리는 기능만 있는 네발 달린 쇳덩어리를 소유했을 때와는 차원이 다르다. 당분간 읽을 책이 쌓여 있는 것을 보면서 느끼는 포만감과 알록달록한 표지들이 내뿜는 화려한 기운이 좋아서 책을 사고 싶어 하는 것 같다. 우울해지거나 힘이 없으면 영양제를 찾듯 책을 사기도 한다.

그런데 제주에서는 책 쇼핑이 참 어렵다. 직장에서는 잠시라도 쉬는 시간이 되면 온라인 서점에 접속해 읽고 싶은 책들을 고르는 것이 취미 생활이었다. 책 소개와 줄거리, 본문 미리보기를 꼼꼼히 읽어보고 그중에서 사고 싶은 것들을 골라 즐겨찾기 해두는 것 자체가 큰 즐거움이었다. 제주에서는 그런 즐거움이 사라졌다. 꼭 시간이 없어서는 아니지만, 분주한 게스트하우스 주인에게 한가하게 책이나 고르고 있을 마음의 여유는 없는 것 같다.

요즘에는 마음에 영양제 주입이 필요하다 싶을 때 온라인 서점에 들어가면 어떤 책을 사야 할지 몰라 한참을 망설인다. 서점 MD의 추천도서나 베스트셀러 목록에 의존하려 해도 자기계발서가 대부분인 그곳에서 내 취향의 책을 고르는 것은 쉬운 일이 아니다.

자기계발서! 예전에 참 많이 읽었다. 예전엔 그랬다. 참 불안하고 초조했었다. 어디로 가야 할지 모르는 내 길을 누가 좀 가르쳐 주면 좋겠다고 생각했었다. 요즘에도 많은 자기계발서가 베스트셀러 목록에 올라가 있는 걸 보면 성공이라는 공통분모를 향해 달려가고 있는 사람들의 삶은 여전한가 보다.

인기 저자들이 내놓는 수많은 자기계발서는 불평등하고 불합리한 이 사회를 경험한 지 얼마 되지 않은 청춘들에게 많은 용기를 준다. 지치고 외로운 현대인들에게 따뜻한 위로의 말도 함께 전한다. 하지만 아무리 노력해도 사회는 쉽게 변하지 않고, 부조리는 좀처럼 사라지지 않는 것이라 여기고 있는 나에게 자기계발서의 글들은 마치 운동장에 정렬한 초등학생 앞에 선 교장선생님 말씀 같다.

세상을 바꿀 힘이 없는 우리로서는 마음다짐이라도 단단히 해야 이 세상 살아갈 수 있을 테다. 그걸 인정하지만, 행복하기 힘든 현실에 놓인 사람들에게 세상은 잘못된 게 아니니 당신의 마음을 고쳐먹어야 한다는 말씀이 무슨 의미가 있을까? 현재의 삶이 힘겨운 사람들의 인생을 바꿔놓을 수 있을까? 실천 없는 기도 같고 믿음 없는 염불 같다.

타인의 인생을 책임질 수 없음에 조언은 늘 상식의 틀을 벗어날 수 없다는 걸 알지만, 인기 저자치고는 인생의 무게를 너무 가볍게 보는 것 같은 느낌이 든다.

자기계발서는 분명 많은 사람들에게 힘과 용기를 주고 있는데 나는 왜 그걸 삐딱하게 바라보는 걸까? 심기가 뒤틀려 있는 나 자신에 대한 고민이 깊다. 그러면서도 제주에 정착한 도시인들을 소개하는 방송이나 책, 신문을 보고 있노라면 역시나 또 심기가 불편하다.

보도나 다큐가 어째 영화 같은 느낌이 든다. 제주 정착에 대해 사람들을 부추기고 과도하게 환상을 심어 주는 것 같다. 대규모 인구이동을 통해 지역균형발전을 이루려는 국가에 종속된 미디어의 속 깊은 의도라면 모를까 뭣하나 순수하게 봐줄 수가 없다.

매체들이 소개하는 제주도 이주민들은 몇 가지 특징이 있다. 도시 생활은 화려했고, 직장은 안정적이었으며, 밝은 미래가 보장되어 있었던 타고난 능력자들이다. 미디어 속 그들은 느린 삶을 추구하며 적게 벌어 적게 쓰면서도 행복감을 느끼고 사는 사람들로 주로 묘사된다. 그리고 나는 지금 9시 뉴스도 못 믿을 세상에 살고 있다는 사실을 상기한다.

나와는 너무 대조적이라 배알이 꼬여서 그런지 꼭 색안경을 끼고 보게 되는 것 같다. 나의 도시는 화려하지 않았고, 직장은 안정적이지 않았으며, 보장된 미래 같은 건 더더욱 없었다. 적게 벌어도 적게 쓰며 행복감을 느끼고 살 그런 종류의 인간도 절대 못 된다.

아파트 담보대출은 삶을 근검절약하게 만들었다. 더 거슬러 올라가 보면 성장하는 동안엔 각종 결핍과 상실감에 빠져 있었다. 성인이 되고 나선 생명 유지의 의무에만 매진해야 했다. 인간적인 삶을 제쳐두더라도 세상의 모든 밥벌이는 순수하고 고귀한 노동임이 분명하다. 하지만 좀 더 깊이 들여다보면 나는 많이 가진 자들의 자산을 좀 더 늘려주기 위해 죽도록 일만 했던 개미 떼의 일원이었던 것 같다.

탐욕의 자본주의, 신자유주의의 폐해, 산업사회의 잔혹성에 대해 구구절절 말하고 싶다만 재미도 없고 감동도 없는 그런 이야기는 다음에 하는 걸로.

오로지 성장만 해온 대한민국. 모두가 행복해지려면 지금보다 더 성장해야 한다는 대한민국. 이런 나라에 살고 있는 현대인들. 지칠 때도 됐다.

도시에 정 떨어진 나처럼 많은 사람들이 이주한 제주. 이곳은 오로지 성장! 성장! 성장만을 부르짖는 대한민국의 또 다른 음지인지도 모른다.

제주는 경쟁은 있지만 치열하지 않을 것 같았고, 밥벌이는 해야 하지만 혹독하지 않을 거라 생각했었다. 꿈은 크지 않지만 작게나마 펼칠 줄 알았고, 넓지는 않지만 가슴 한편에 타인에 대한 이해의 공간이 생길 줄 알았다. 하지만 나는 지금 제주에서 유일한 밥벌이인 게스트하우스는 적성에 안 맞는 것 같고, 소박한 바람이었던 글을 쓰면서 시간 없다고 만날 투덜대고 있다.

뭐든지 순수하게 바라보지 못하는 삐딱하고 뒤틀어진 심기는 본인인 나조차도 예쁘게 봐줄 수가 없다.

칩거가 시작되었다

우리는 뭐가 잘못된 걸까?

제주에서 게스트하우스 주인으로 살아온 시간 동안 워니와 나는 하늘과 땅의 끝을 오가는 것과 같은 극단적인 감정 기복의 피로를 경험했다. 구름 위를 걷고 있는 것 같이 시골 생활에 만족스러워하다가도 매일 반복되는 게스트하우스 일에 힘들어했다.

하루 8시간을 채우고 또 야근을 해야 하는 직장인에 비하면 게스트하우스 일은 비교할 수 없이 가벼운 노동이겠지만 뭐가 됐든 반복은 지겨운 것이고, 지겨워지기 시작하면 그때부터는 위기의 시작인 것이다.

무엇보다, 배려라는 걸 배워본 적 없는 일부 손님들로부터 상처를 받았다. 마음을 다치는 것이 얼마나 크고 오래가는 상처인지 잘 알기에 워니와 나는 텔레파시를 보내듯 서로에게만 마음을 닿게 하고 타인에게는 보호막을 쳐두고 있었다.

처음 이 일을 시작할 때만 해도 손님들을 가까이에서 응대할 수 있다는 자신감을 가졌다. 그 자신감은 우리의 진심이 숙박비에 포함된 서비스가 아니라 타인에 대한 배려와 호의임을 모두가 알아줄 거라는 착각에서 비롯된 것이었다.

손님들이 여행지에서 겪게 되는 갖가지 사정들을 이해하고, 우리의 휴식 시간까지 할애해 가며 도움을 주었다. 하지만 상대는 우리의 진심을 장사꾼으로서 응당 베풀어야 할 의무 같은 것으로 받아들였다. 자신의 불만족스러운 여행 분위기가 반전되는 데 우리가 별 도움이 되지 않은 것을 서비스 부족이라고 탓했다.

여행자의 사정을 걱정하고 베풀었던 진심 어린 마음이 영업 활동의 일환으로 왜곡되었을 때 우리는 생태계에서 강자의 자리를 차지한 자에게 조아리는 약자의 모양새가 되어버렸다.

몇 번이나 비슷한 일을 겪으며 우리는 지쳤고, 의욕을 상실했다. 과한 배려는 언제나 쓸데없이, 필요 이상으로, 하나 마나였다는 후회를 낳았던 과거를 외면한 참혹한 결과였다.

처음 이 일을 시작하며 사람을 만나는 일에 대한 두려움을 극복하기 위해 단단히 먹었던 마음가짐이 허공으로 날아가 흩어져 버렸다. 그리고 앞으로 어떤 일을 하든 똑같은 상처가 반복될 거라는 생각에 절망했다.

게스트하우스를 운영한 지 이 년째가 되자 우리에게는 우울증이 찾아왔다.

웃음을 잃고 무기력했다. 사람들에 대한 마음의 문을 단단히 닫은 채로 손님들을 향해 기계적으로 미소를 지으며 하루하루를 버텼다. 우리는 가식덩어리의 장사꾼으로 전락해 버렸다. 그건 전혀 낭만적이지 않았고, 인간적인 삶은 더더욱 아니었다. 구강 근육의 미세한 떨림을 동반할 수밖에 없는 억지웃음은 위장장애를 가져왔다. 위장병까지 앓으며 억지로 웃어야 하는 우리의 처지는 또 다른 우울함이었다.

이 일에 염증을 느끼게 된 건 때가 되면 찾아오는 직장인의 매너리즘과는 차원이 달랐다. 무언가를 피해서 들어온 동굴 안에서 또 다른 동굴을 파야 하는 아득한 심정이었다. 도피하듯 동굴 속으로 숨어 들어온 제주를 떠나면 또 다른 안식처를 찾아야 한다. 어디에도 정착할 수 없는 유목민과 같은 운명 속으로 빨려들어갈 것 같아 두려웠다.

우리에게는 휴식이 필요했다. 다시 일할 에너지를 얻고자 함이 아니었다. 제주에 정착했을 때처럼 또 다른 도피를 생각하는 내가 한심했다. 도대체 우리는 뭐가 잘못된 걸까? 제주를 떠나야 할 때가 된 것 같다는 생각도 했다. 워니와 약속했던 이 년 만기가 도래하면 다시 도시로 돌아가자는 워니를 뒤따를 수밖에 없을 것 같았다.

나는 제주를 떠나고 싶지 않았다. 하지만 워니는 도시를 그리워했다. 워니는 쉬는 틈틈이 친구들을 만나러, 가족을 만나러 서울을 다녀왔다. 나는 집에 남아 혼자 조용히 시간을 보냈다.

싫다는 워니를 억지로 제주까지 끌고 내려온 것에 자괴감이 들었다. 겉으로는 워니를 위로하면서 속으로는 나 자신의 우울증과 싸워야 했다.

당장 쉬고 싶었다. 하지만 미리 받은 두 달 치의 예약이 속박이었다. 더는 예약을 받지 않았다. 그리고 마침내 예약 손님을 다 치르고 우리는 게스트하우스 문을 닫았다.

한 달간, 휴가를 갖기로 했다.

휴대폰으로 연결되도록 설정해 놓은 유선전화의 착신을 해제했다. 휴가 내내 울어대는 유선전화의 벨소리를 외면했다. 아무런 벌이가 없는 동안 생활비를 아껴야 했고, 명절이 되어도 고향으로 가지 못했다.

딱히 할 일은 없었다. TV를 봤고, 책을 읽었고, 잠을 잤다. 일찍 일어나 하루를 시작할 이유가 없었다. 내일을 위해 일찍 자야 할 이유도 없었다.

여행은 하고 싶지 않았다. 가끔 읍내에 나가 장을 보고, 책을 빌리러 도서관에 갔다. 어쩌다 동네 친구를 만나 술을 마셨다. 내일을 위해 술자리에서 일찍 일어날 이유는 없었다.

게스트하우스를 계속 해야 하나?

사람을 만나지 않고서는 결코 돈을 벌 수 없는 걸까?

잠정적으로 문을 닫을까?

그냥 팔아버릴까?

이 집을 팔면 일 년 정도는 먹고 놀 수 있을 텐데!

부산 보수동에 옥탑방을 구해서 두어 달 살아볼까?

울릉도에서 한 달만 지내다 올까?

다른 일을 벌여볼까?

무슨 일이든 결국 사람을 피할 수는 없을 텐데!

머릿속은 온갖 생각들로 가득 찼다.

휴가 이 주째.

하루 중 침대와 일체되어 보내는 열다섯 시간 중 열 시간 동안 숙면을 취했다. 깊고 긴 숙면은 피로회복, 근육이완, 두통해소, 정서안정을 가져다주지만 자칫하면 허리 병신이 되거나 세상에 둘도 없는 나태한 인간이 될 수도 있을 것 같았다.

해 질 녘에는 워니와 운동 겸 산책을 했다. 아무런 계획 없는 휴가답지 않게 나름 규칙적인 일상을 보내고 있었다. 동네 해안도로를 걸으며 익숙했던 풍경들이 새삼 눈에 들어왔다. 동네 해변이 이렇게나 예뻤었나? 한라산을 넘어가는 노을이 저렇게나 눈부셨었나? 잔잔한 바다 속에 비치는 지미봉이 이토록이나 몽환적이었나? 그동안 일에 치여 놓치고 살았던 풍경들이 눈부시게 다가왔다.

휴가 삼 주째.

이제 일주일 남았다. 어떤 것도 달라지지 않았다. 예정대로 게스트하우스는 다시 열 것이다. 워니와 나는 우울증이 없어졌다. 우리는 휴가 내내 행복했다.

그냥 이렇게 살아야 될 것 같다고 생각했다. 사람을 피하고, 상처를 피하는 건 우리 능력 밖의 일이다. 돈 주면 돈 받고, 상처 주면 상처 받고, 웃음 주면 웃으면서 살아야 하는 게 현실이었다.

휴가 막바지.

칩거의 정석을 보여주리라 다짐했던 짧기도 하고 길기도 한 휴가가 끝나가고 있었다.

아침이라기에는 너무 늦고 점심이라기에는 너무 이른 시간, 아침이라기에는 너무 푸짐하고 점심이라기에는 다소 부실한 밥상을 차려 한 끼를 때웠다.

마당에 나가 담배를 한 대 피우고, 진하게 내린 커피를 마셨다. 워니는 낮잠을 자거나 책을 보거나 TV를 보거나 아이쇼핑을 하면서 오후 시간을 보냈고, 나는 낮잠을 자거나 책을 보거나 TV를 보거나 글을 썼다. 한 달 동안 변함없이 반복된 오후의 일상이자 한 달 동안이나 깨지지 않은 오후의 평온이었다.

오후 서너 시쯤 되면 슬슬 배가 고파져 비빔면을 해먹거나 읍내에서 떡볶이와 순대를 사왔다. 가끔 스타벅스에서 샌드위치를 먹고 오기도 했다. 엘리베이터를 타고 내려가면 레스토랑이며 카페며 편의점이 즐비한 주상복합 아파트에 살면 참 좋겠다는 생각도 했지만 그래도 차 타고 십 분 거리에 스타벅스가 있는 게 어디냐며 대충 만족했다.

해 질 녘이면 가끔 둘이서 산책을 즐겼다. 처음 며칠간은 매일 같은 시간에 나갔지만 어느새 싫증이 나서 이틀에 한 번, 삼 일에 한 번으로 줄었다.

밤이 되면 비교적 제때 식사한다는 느낌이 드는 시간에 저녁상을 차렸다.

몸이 고기 반찬을 원할 만큼 열량을 소비한 하루가 아니었기에 대충 냉장고에 있는 반찬만 꺼내 먹어도 충분히 만족스러웠다.

초저녁이 되면 워니는 잠을 자거나 책을 보거나 TV를 보거나 아이쇼핑을 하고, 나는 잠을 자거나 책을 보거나 TV를 보거나 글을 썼다. 한 달 동안 변함없이 반복되는 밤의 일상이자, 한 달 동안이나 깨지지 않은 밤의 평온이었다.

과거에 대한 회개와 미래에 대한 불안 없이 요즘처럼 맘 편히 놀고먹은 적이 있었던가? 세상 그 어디에도 없었고, 태어나서 한 번도 경험해 보지 못한 평온이었다.

휴가를 통해 우리는 외부 활동을 최소로 하고 그저 집에서 빈둥댈 때 극도의 행복감을 느낀다는 사실을 알게 되었다. 워니와 나에게 이런 공통점이 있다는 건 그저 우연일까? 아니면 십일 년 전의 첫 만남에서 두 눈에 하트가 발사됐던 그 끌림이 동족을 알아보고 나타난 무의식적인 반응이었을까?

휴가가 끝났다.

중력의 법칙을 거스르며 힘겹게 눈을 뜨지 않아도 되는 달콤한 늦잠도 끝이다. 잠이 안 온다고 투덜댈 필요 없이 잠이 안 오면 안 자도 되는, 새벽까지 뜬눈으로 빈둥대도 되는 자유도 끝났다. 내일 걱정으로 체내 알코올 농도를 조절할 필요가 없는 마음 편한 술자리도 끝나고, 바닥난 통장을 보며 애써 외면했던 생활고도 끝났다. 게스트하우스 예약을 재개하며 공복 상태였던 통장의 배도 점점 채워져 갔다.

그동안 안 치웠던 쓰레기가 산더미였다. 한 달간 한 번도 비운 적 없는 재떨이에 차곡차곡 쌓인 담배꽁초가 선인장처럼 자라 있었다.

개학을 앞두고 밀린 일기를 쓰듯 청소하고 빨래하고 정리를 했다. 그 와중에 썰렁한 마당에 형형색색 화분도 사서 뒀다. 날씨까지 완벽히 맞춘 일기 검사를 앞둔 기분으로 한 달여 만에 입실할 손님을 기다렸다.

호수 같은 평온

돈 대신 선택한 쉼의 시간

게스트하우스 손님으로 만났다가 가족처럼 안부를 묻고 걱정을 해주고 격려를 해주는 사람들이 있다. 처음에는 누군가 먼저 다가오는 것이 적잖이 당황스러웠지만 도시의 스트레스와 근심을 안고 제주로 여행을 온 그들은 우리에게서 위로받기도 하고, 제주에서 상처받고 아파하는 우리에게 힘을 주기도 했다. 위로가 필요한 서로가 동족임을 알아본 강한 끌림으로 시작되었을 그들과의 관계는 하룻밤 숙박객에서 단골손님으로, 단골손님에서 친구가 되었다. 숙박을 해야만 만날 수 있는 관계가 아니라 위로나 격려가 필요할 때면 생각나는 그런 친구 말이다. 아침 첫 비행기로 내려와 같이 커피를 마시고 저녁 비행기로 돌아가기도 하고, 언제 돌아갈지 모르는 제주 여행 중에 불쑥 찾아와 밥 먹고 차 마시고 헤어지기도 한다.

동족은 동족끼리의 언어가 있다. 어느 날 불쑥 나타나 커피를 마시자는 건 '나 지금 힘들다'는 뜻이다. 지친 마음을 털어놓는 상대의 말을 묵묵히 들어 주기만 하는 건 '다 이해한다, 힘내라. 내가 응원할게'라는 뜻이다.

웃으며 오가는 말에서 과거에 어떤 상처가 있었는지 헤아릴 수 있을 만큼 각자의 상처와 상실감과 외로움을 공유할 수 있는 사람들을 만난 이 제주가 이제는 특별할 수밖에 없다.

돈을 벌 것인가. 시간을 가질 것인가.

게스트하우스 주인이라는 직업의 장점은 돈과 시간 중에 무엇이든 선택할 수 있다는 점이다. 하지만 우리는 그걸 미처 의식하고 있지 못했었다. 특별한 사유 없이 연차를 내지 못하던 직장인 시절처럼, 게스트하우스는 당연히 열어야 되는 것으로 생각했다. 별다른 이유 없이 쉬면 안 된다는 오랜 습관을 버리지 못했던 탓이리라.

내 머리는 휴식이 필요하다고 아우성치는 몸과 마음을 무시하고, 쉬지 말고 일하라고 끊임없이 명령을 내렸던 것 같다. 맨 꼭대기에 앉아서 편하게 생각만 하고 있는 주제에 아랫것들을 돌보지 않는 참으로 못된 우두머리다. 내 머리는 헤드록을 걸어버리고 싶은 이 나라의 기득권을 닮아 있었고, 몸과 마음의 쉼에 너그럽지 않았다.

여차하면 반란을 일으킬지도 모르는 아랫것들의 고충을 이해한 우두머리의 해량으로 이제 우리는 휴식 없이 일하지 않는다. 더 이상 게스트하우스의 하루 매출에 얽매이지 않기로 한 것이다. 남들이 보기에 한량처럼 틈만 나면 휴일을 가지고 있는데, 계산기를 두드려 보면 상당한 금액의 손실이다. 그만큼의 돈 대신 선택한 쉼의 시간에 우리는 육지의 가족들에게 연락을 하고, 공간을 재정

비하고, 읽고 싶었던 책을 읽고, CD 재킷을 펼쳐서 흘러나오는 음악의 가사를 음미한다. 이 모든 것들은 마음에 뚜렷하고 선명하게 각인된다. 그리고 우리만의 세상이 되어 누군가를 향해 열리고 있다.

상당한 금전적 손실을 감수하더라도 기꺼이 만끽한 휴일은 우리에게 더없는 평온을 안겨 준다. 일상은 바람 한 점 없이 잔잔한 호수 같고, 우리의 마음은 수면 위에 던져진 돌에도 출렁이지 않는 깊은 물속의 물고기 같다.

여느 휴일 아침.

우리는 더 이상 피곤에 절은 몸을 침대 위에서 뭉개며 오전을 보내지 않는다. 휴일의 늦잠을 충분히 만끽하고 눈을 뜨면 음악을 틀고 노트북을 켜고 커피를 내리고 책을 편다. 창가에 앉아 한창 수확 중인 당근밭을 바라보며 아주 사소한 평온에 빠져든다.

작고 불쌍한 것들

나 역시 이기적인 인간임을

어린 시절, 유일하게 교감했던 누렁이 강아지가 있었다. 누렁이는 쑥쑥 자라 개라고 불러도 무방할 만큼 커졌다. 어느 날 누렁이는 예고 없이 사라졌다. 어른들의 유흥을 곁들인 몸보신의 용도로 살해된 것이다. 시골의 강아지는 개가 되는 순간부터 생명을 위협받게 되는 운명이라는 걸 몰랐었다. 그걸 알았더라면 누렁이를 탈출시켜 함께 어딘가로 떠났을지도 모른다. 누렁이의 생명이 다하는 날까지 함께 할 수 있는 곳을 찾아서 말이다.

예고가 없었던 만큼 작별 인사가 있을 리 없었다. 누렁이는 눈을 감으며 나를 생각했을까? 누렁이가 정신을 잃는 동안 나는 어디서 뭘 하고 있었을까?

삼형제 중 둘째로 자란 나는 형과 동생에게는 당연한 부모님의 사랑을 쟁탈하기 위해 노력해야 했다. 형제들은 경쟁자였고, 내가 집에서 정을 나눌 대상은 누렁이가 유일했다. 누렁이의 죽음은 동심을 무참히 파괴하고 친구가 음식이 될 수도 있다는 걸 알게 된 너무나 큰 사건이었다. 일생 동안 잊을 수 없는 큰 충격이었다.

슬펐다. 너무 슬펐다. 몸 안의 모든 수분을 배출하듯 눈물을 쏟아내는 것이 슬픔을 표현할 수 있는 유일한 수단이었지만 나는 그러지도 못했다. 사내자식이 겨우 개 한 마리 때문에 난리냐며 조롱하고 비아냥댈 게 뻔한 시골의 매몰

237

찬 정서 때문이었다. 크게 울며 슬퍼할 수 없는 것이 또 다른 슬픔이었다.

　이별의 순간이 어땠는지에 따라 추억이 되거나 혹은 상처가 되거나 하는 것일까? 기억은 희미해졌지만 지금도 문득 누렁이가 떠올라 눈시울을 적시곤 한다. 마리를 데려온 지 며칠 만에 입원실에 두고 나오면서 울었고, 며칠간의 여행에서 돌아온 나를 보며 절규하듯 반기는 마리를 안으면서도 울었다. 주인을 잃고 길도 잃어버린 유기견을 보면서도 울었고, 매일 나를 찾아와 사료 달라고 울어대는 길고양이를 보면서도 울었다.

　잠시 마당에 풀어놓은 마리가 나비를 쫓으며 놀고 있는 모습을 보고 있으면 저 아이만큼은 행복하게 온전히 살도록 해야겠다는 강한 의무와 책임감을 느낀다. 마리를 향한 과한 애정과 집착이 어쩌면 작고 불쌍한 것들에 대한 연민 때문인지도 모르겠다.

　조롱과 비아냥거림을 감수하고서라도 그때 누렁이를 위해 울어줬더라면 상처가 덜했을까? 쓰레기와 함께 쌓여 있던, 무쇠솥에서 고아져 추억과 함께 모든 영양분이 빠져나가버린 뼈다귀 앞에서 기도라도 해줬더라면 누렁이에 대한 기억 한편에 추억이 자리할 수 있었을까?

집 앞을 오가는 백구들을 봐도 누렁이가 떠오른다. 제주도 시골엔 유독 백구가 많다. 이 동네뿐만 아니라 옆 동네, 앞 동네, 뒷동네, 저 너머 동네에도 온통 백구다. 아마도 대를 이어온 근친상간의 결과이리라. 황색, 갈색, 검은색 개도 가끔 보이지만 백구의 수가 절대적인 건 어쩌면 그들의 세계에서는 이성을 유혹하는 미의 기준이 백색인 것으로 짐작된다.

봄의 끝자락, 초복을 며칠 앞둔 때였다. 동네에 트럭이 한 대 출몰해 확성기를 통해 소리치고 다녔다.

"개 사요, 개. 큰 개, 작은 개."

생로병사의 물결에 몸을 맡기고 살아갈 권리는 인간뿐이던가? 인간은 의학의 축복 아래 늙고 병드는 자연의 섭리마저 거스를 수 있는 초자연적 능력까지 갖고 있으면서도 매년 이맘때면 큰 개, 작은 개 안 가리고 죄다 잡아먹는 잔인한 포식자가 된다.

봄이 끝나가는 무렵이면 오래전 누렁이 사건처럼 이 동네 개들에게도 생명의 위협이 시작된다는 걸 알고 있었다. 하지만 큰 개 작은 개 안 가리고 이 동네 개들을 데리고 어딘가로 달아날 엄두를 낼 수는 없었다.

트럭이 지나간 동네에는 백구가 모조리 사라졌다. 아마 옆 동네, 앞 동네, 뒷동네, 저 너머 동네까지 전부 사라졌을 것이다. 해 질 녘에 개와 함께 동네를 뛰어다니던 아이들의 소리를 이젠 들을 수 없다. 한 솥의 국물로 변한 누렁이를 본 나와 같은 상처를 그 아이들도 가지게 될까? 아니면 개장수에게 팔려간 개가 도축되어 음식이 된다는 사실을 모르고 천진난만하게 자라게 될까? 지금 이 시간에도 개를 실은 트럭은 마지막 남은 말복을 위해 제주도 전역을 얼마나 열심히 돌아다니고 있을까?

이 집에 이사 오고부터 쭉 봐오던 길고양이들이 있다. 춥고 배고픈 척박한 환경에서도 길고양이들은 종족 번식의 능력만큼은 왕성했다. 개체수가 꽤 늘었지만, 자기들끼리 서열과 영역을 정리하는 지혜로운 면모도 보여주었다.

사람의 손길에 따라 운명이 좌우되는 개와는 달리 길고양이들은 어디서 뭘 주워먹기도 하고 뭘 잡아먹기도 잘해서 절대로 굶어죽지는 않는 것 같다.

어촌의 포구 주변을 떠도는 고양이들은 사람보다 더 다양하고 싱싱한 생선들을 매일 섭취하며 배에 기름이 잔뜩 껴서 돌아다닌다. 반면 바다와 먼 우리 동네 고양이들은 이 지역에서 흔한 당근을 파먹을 수도 없는 노릇이니 언제나

240

배가 홀쭉한 채로 있다. 동부이촌동과 판자촌만큼의 격차다. 박스를 주워서 번 돈으로는 절대로 판자촌을 벗어날 수 없는 매정한 인간세계와 같이 우리 동네 고양들 역시 어촌 동네의 생선을 탐낼 수 없다. 그랬다가는 자신의 영역을 지키려는 어촌 고양이들의 호된 텃새로 온몸이 피투성이가 될지도 모른다. 쓰레기나 뒤져서 겨우 배를 채우는 놈들이 장기 복용한 오메가3로 거침없이 혈액이 순환되고 있는 어촌놈들의 힘을 어떻게 당할까?

배가 홀쭉해서 돌아다니는 놈들을 보고 있기 안쓰러워 뒤뜰에 사료를 부어 주기 시작했다. 독식할 것인가? 나눌 것인가? 인간이라면 수없이 했을 갈등일 텐데, 본능이 앞서는 동물은 달랐다. 처음 사료를 본 놈은 한 치의 망설임 없이 친구들을 데리고 와서 나누어 먹었다. 그중에서 어미 고양이가 데리고 다니던 두 마리의 새끼고양이는 어느새 자라나 성묘에 가까운 풍채를 갖추게 되었다. 사람들의 눈을 피해 거친 돌담을 타고 다니던 그놈들이 이제는 사뿐사뿐 마당을 가로질러 걸어다닌다.

고양이의 보은까지 바라지는 않지만 일 년 가까이 사료 주고 물 주고 키워 준 우리를 고마운 존재로 좀 인식해 주면 얼마나 좋을까! 바쁜 일이 있어서 사료 주는 걸 깜빡하는 날이면 어김없이 마당에다 똥을 싸놓고 간다. 배고팠다

241

는 불만의 표시다. 자기의 배고픔을 우리 탓으로 돌리는 참으로 게으르고 염치없고 양심 없고 어처구니 또한 없는 고양이들이다. 은혜도 모르는 천하의 못된 것들이다.

삽으로 고양이 똥을 퍼내며 이제 저것들 사료 주지 말자고 큰소리를 쳤지만 밤이 되니 마음이 짠해서 그냥 있을 수가 없다. 우리 아니면 저것들이 어딜 가서 뭘 먹겠나 싶어 또 사료를 부어주고, 어쩌다 사료 주는 걸 깜빡한 다음 날이면 어김없이 또 똥을 싸놓고 간다. 똥 치우면서 다시는 사료 따위 안 주리라 큰소리치고, 밤이 되면 또 부어주는 걸 반복한다. 오묘한 연민과 애증과 갈등의 관계다.

우리를 자기들 밥이나 챙겨주는 아랫것으로 보는 것 같아 기분 나쁘다. 남들은 밥 주는 길고양이들이 막 다가와서 비벼대고 아양도 떤다는데 우리 집 길고양이들은 당최 도도하고 무례하기가 하늘을 찌른다.

제주도로 이주해 온 지 이 년이 다 되어가도록 친하게 교류하는 이웃이 별로 많지 않은 걸 보면 우리가 쉽게 다가가기 힘든 인상이라는 걸 고양이들도 본능적으로 알아챘을 것이다. 눈치로 인간의 품성까지도 알아채는 초능력 고양이들이다.

만난 지 일 년이 다 되어 갈 즈음, 우리에게 살짝 눈인사를 해준 놈이 있다. 흔한 길고양이인 코리아 숏헤어 종으로 보이는데 털색과 생김새로 보아 러시안블루 종이 살짝 섞인 놈 같다. 유난히 자주 찾아오는 요놈이 똥 테러의 범인이 확실했다.

이놈, 얼마 전에는 실내에까지 들어왔다. 배가 고팠는지 야옹야옹 눈인사를 해댔다. 똥 테러의 분노는 잊어버린 채 우리는 부랴부랴 사료를 부어주었다. 좀 늦은 감이 있지만 눈인사를 해준 감사의 뜻으로 요놈에게 이름을 지어주었다. 배고픔의 표시로 일삼은 똥 테러 행각과 우아한 러시안블루 종의 품위를 생각해서 '똥싼노므스키' 줄여서 똥키라고 부르기로 했다.

똥키는 오후만 되면 일부러 찾아와서 눈을 깜빡이고 울어댄다. 일 년이나 도도하게 곁을 안 주던 놈이 배고픔 앞에서 자존심을 내려놓은 것일까? 그렇다면 고양이의 본분인 도도함을 지키기 위해 일 년이나 배고픔을 참으며 우리가 사료를 줄 때까지 기다렸단 말인가? 살짝 눈인사를 해준 건 뭐란 말인가? 주린 배를 부여잡은 채 밥 달라고 울어야 하나, 도도한 고양이의 본분을 지켜내며 끝까지 새침해야 하나 갈등하고 있었던 것인가? 생각과 추측이 깊어질수록 눈시울이 붉어지려고 한다. 작고 불쌍한 동물이다.

처음 똥키는 우리와의 적정 거리를 3미터 정도로 생각하는가 싶더니 만나는 횟수가 늘어날수록 점점 가까워졌다. 쉽게 다가오지 못하고 우리가 다가가는 것도 경계하는 똥키. 보통의 길고양이들과는 약간 다른 외모 때문에 영역 안의 무리에서도 소외되었을까? 그래서 자기 좀 바라봐 달라며 울어대는 것일까?

배고픔을 해소하는 방법을 완벽히 터득한 똥키는 우리에게 또 다른 교감을 시도했다. 사료를 다 먹고 나서 이제는 놀아달라는 신호를 보냈다. 가까이 올 듯 말 듯하며 애태우는 게 '너희들이랑 놀고 싶긴 한데 그렇다고 내 마음을 다 준다는 건 아니야'라고 말하는 것 같다. 그 녀석의 의도대로 우리는 애가 타서 마리의 장난감을 갖고 나와 마당에서 힘껏 놀아주었다. 낚싯대도 흔들어주고, 공도 굴려주고, 쥐 인형을 던져주기도 했다. 똥키는 마치 집에서 크는 고양이처럼 인공적인 장난감에 익숙한 듯 잘 놀았다.

어느새 우리의 거리는 30센티미터 앞까지 가까워졌다. 그러나 우린 더 다가가지 않을 것이다. 만지려 하지도 않을 것이다. 똥키와의 거리가 가까워지면 가까워질수록 지나치게 감정이입이 될까 봐 걱정이 된다. 길에서 떠도는 녀석의 처지가 불쌍해서, 추운 겨울이면 어디서 자고 있을지 걱정이 되서, 영역 다

244

툼의 희생양이 될까 봐, 도로를 지나다 로드킬이라도 당할까 봐 주체할 수 없는 걱정에 빠져들 게 뻔하다. 그러다 똥키가 실제로 사고라도 당하게 된다면 한동안 깊은 슬픔에 빠져서 헤어나지 못할 게 뻔하다. 분명 식음을 전폐하고 앓아누울 것이다.

동물들에게 병적으로 감정이 이입되는 게 문제다. 편안히 쉴 곳 없이 떠도는 작고 불쌍한 동물과 나를 동일시하고 있는 건, 유아기적 애착 관계의 결핍을 보상받기 위한 무의식적인 자기애적 대상 선택일지도 모르겠다는 생각이 든다. 인간이 지배해 버린 거친 세상을 살다가 결국에는 비극적인 최후를 맞이해야 하는 작은 동물들이 불쌍해 보여서 슬픔에 빠지는 건 통제도 안 되고 절제도 안 된다.

어느 날, 누군가가 집 앞 도로가에 개를 버리고 도망가는 현장을 목격했다. 차는 멀어졌고, 개는 그 자리에서 주저앉아 작아지는 차의 뒤꽁무니를 하염없이 바라보았다. 유기견이 안쓰러워 집으로 데리고 와 하룻밤 돌봤다. 설사를 했는지 엉덩이에 떡이 된 채 붙어 있던 똥을 씻어내고, 진작 관리를 포기한 듯한 엉킨 털을 잘라주고, 물을 주고, 사료를 주고, 목줄을 채워서 동네를 같이 산책했다.

마음을 졸이며 하룻밤을 보내고 다음 날 우리는 유기견을 어딘가로 보낼 수밖에 없었다. 도저히 키울 형편이 안 되기도 했지만 빠져나올 수 없는 연민과 슬픔이 두려워서였다.

며칠 뒤, 유기견이 죽었다는 소식을 들었다. 계속 아팠다고 했다. 그 소식을 듣고 나는 며칠을 끙끙 앓았다. 버림받아 마음 아픈 그 아이를 내가 다시 버려서 그렇게 된 거라 자책했다. 아파서 버려졌을 거라는 생각은 왜 못했을까? 병원부터 데리고 갈 생각을 왜 못하고 부랴부랴 어딘가로 보내 버리기 바빴을까? 버려진 자신을 또 버리지 말아달라고 애원했는데 또다시 버려진 자신의 처지를 견디지 못하고 차갑게 식어 버렸나 보다.

잠시 맡겨진 거라 생각해 줬으면 얼마나 좋았을까! 곧 좋은 주인을 만날 수 있으리라는 희망을 가지고 있었으면 좀 더 버틸 수 있었을 텐데! 버려짐에 무너져 내렸을 심정과 죽는 순간까지 외로웠을 그 아이가 불쌍해서 견딜 수가 없었다.

겨우 하루 데리고 있던 강아지의 죽음을 지나치게 슬퍼한다는 걸 나도 안다. 하지만 북받쳐 오르는 감정은 내가 어떻게 할 수 있는 게 아니었다. 며칠을 끙끙 앓다가 겨우 빠져나왔지만, 영원히 잊히지 않을 상처를 또 하나 남긴 나의 무책임으로 기억될 것이다.

유기견의 죽음 이후 동네를 떠도는 동물들에게 어떤 눈길도 주지 않고 있다. 정 주지 않으려 했지만 어느새 가족같이 가까워져 버린 똥키를 빼고는 배고파서 우리 마당을 들어온 동물에게 물도 사료도 부어주지 않고 외면하고 있다. 또다시 마음을 다치게 될까 두려워서 동네를 떠도는 동물들을 외면하는 나도 어쩔 수 없는 이기적인 인간이라는 걸 인정하지 않을 수가 없다.

나의 눈물샘이여

나이가 든다는 것

만인에게 평등한 거의 유일한 한 가지, 시간이라는 것은 결코 협상의 여지없이 모두에게 똑같은 속도로 흘러간다. 태어나는 순간부터 한순간의 머무름 없이 늙음이 진행되며 죽음과 가까워진다.

가진 자와 못 가진 자의 불평등에 노출되어 살아가는 우리들은 그나마 시간은 평등하다는 사실이 하나의 위안이 될 수 있을 테다.

언젠가 나도 젊음이 상실되면 아저씨라는 신분으로 누군가에게 경계와 거부의 대상이 될 것이다. 나는 그동안 아직 젊다는 오만함으로 어디쯤에 머물러 있는지 모르는 정신연령과, 정신과 따로 떨어져 앞질러 가는 육체의 나이를 별개의 숫자로 인식하며 나이 듦을 무시해 왔었다.

젊음의 공기가 가득 찬 공간에서 아저씨는 환영받기 힘든 존재임을 인정하면서도 언젠가 나도 꼰대가 되어 물 관리 대상이 될지 모른다는 불안감이 들기 시작했다. 마음을 지배하고 있는 정신연령과 덧없는 세월이 안겨주는 상처 같은 실제의 나이를 같은 선상에 두고 인식하기 시작한 것이다.

체력이 예전만 못하다거나, 숙취의 고통이 유난히 심할 때면 나도 나이가 들었다는 걸 실감하게 된다. 정상에 섰을 때의 감동을 위해 터질 것 같은 허벅지의 고통을 감내하며 산을 올랐고, 만취가 되도록 술을 마시면서도 내일의 숙취를 두려워하지 않았던 이전과 달리 지금은 몸을 움직여야 하는 일이면 뭐든 귀찮아하고 있다.

어릴 때는 대부분의 결정이 즉흥적이고 충동적이었던 반면 필요 이상으로 신중한 것도 나이 들어서 생긴 증상 같다. 감정 총량 불변의 법칙에 따라 당장의 즐거움이나 행복감은 언젠가는 사라지고 그 자리에 어떤 슬픔이나 고통이 채워지리라는 걸 알기 때문이다. 어떤 감정이든 세상에 공짜는 없는 법이니까.

이제 나도 나이가 들었구나! 절실히 느끼게 되는 순간은 통제되지 않는 슬픔에 자주 빠지는 나를 발견할 때다. 타인의 것이든 나의 것이든, 예정되어 있었든 예고 없이 찾아든 것이든 슬픔을 통제할 수 없고 주체하기가 힘들어졌다. 한번 슬픔에 빠지게 되면 의지와 상관없이 계속해서 더 깊이 들어가게 된다. 그리고 언제 어떻게 그 감정에서 헤어 나올지 막막해한다.

나이를 먹는다는 건 모든 감정에 내성이 생겨 웬만한 슬픔도 덤덤하고 의연히 받아들일 수 있는 거라고 생각했다. 크든 작든 상처들은 자연스레 치유되고 그 자리는 다른 상처가 자리할 수 없을 만큼 단단해지리라고도 생각했다. 그것이 바로 늙음의 전 단계에서 이루어지는 성숙의 완성일 거라 기대했다.

그런 기대와 달리, 요즘 나는 마음 어딘가 아린 곳이 살짝만 눌려도 너무 쉽게 눈물이 터져 버린다. 날이 갈수록 눈물샘이 더 예민해질 것 같다. 알몸으로 바람 부는 언덕에 선 것처럼 슬픔에 무방비로 노출되어 살아가는 힘겨운 삶이 될까 봐 걱정이 된다. 약한 바람에도 아려오는 맨 살갗처럼 요즘 나는 아주 작은 일에도 슬프고 아프다.

얼마 전에는 이웃이 키우던 강아지가 죽었다는 소식을 듣고 혼자 하염없이 울었다. 이제는 나를 반겨줄 수 없는 그 강아지가 불쌍해서 울다가, 강아지를 잃은 주인의 심정을 생각하며 또 울다가, 간식을 달라고 보채는 마리를 안고 또 하염없이 울었다.

삶은 왜 이리도 슬픈 일들의 연속일까? 사람들과 별로 가깝지 못해서, 살이 팍팍해서, 사회에 적응을 못해서 힘들었던 지금까지의 삶에 남의 일에도 쉽게 슬퍼하는 감정의 오지랖까지 힘듦을 보태고 있다. 남의 감정에 이입되어 펑펑 쏟는 눈물은 어릴 때는 절대 보이지 않았던 종류의 것이다.

나이가 든다는 건, 타인의 감정을 품을 수 있는 작은 자리가 만들어진다는 것일까. 타인의 감정에 공감하고 슬퍼하는 방법을 알게 되는 것일까. 나이가 든다는 게 바로 그런 것일까.

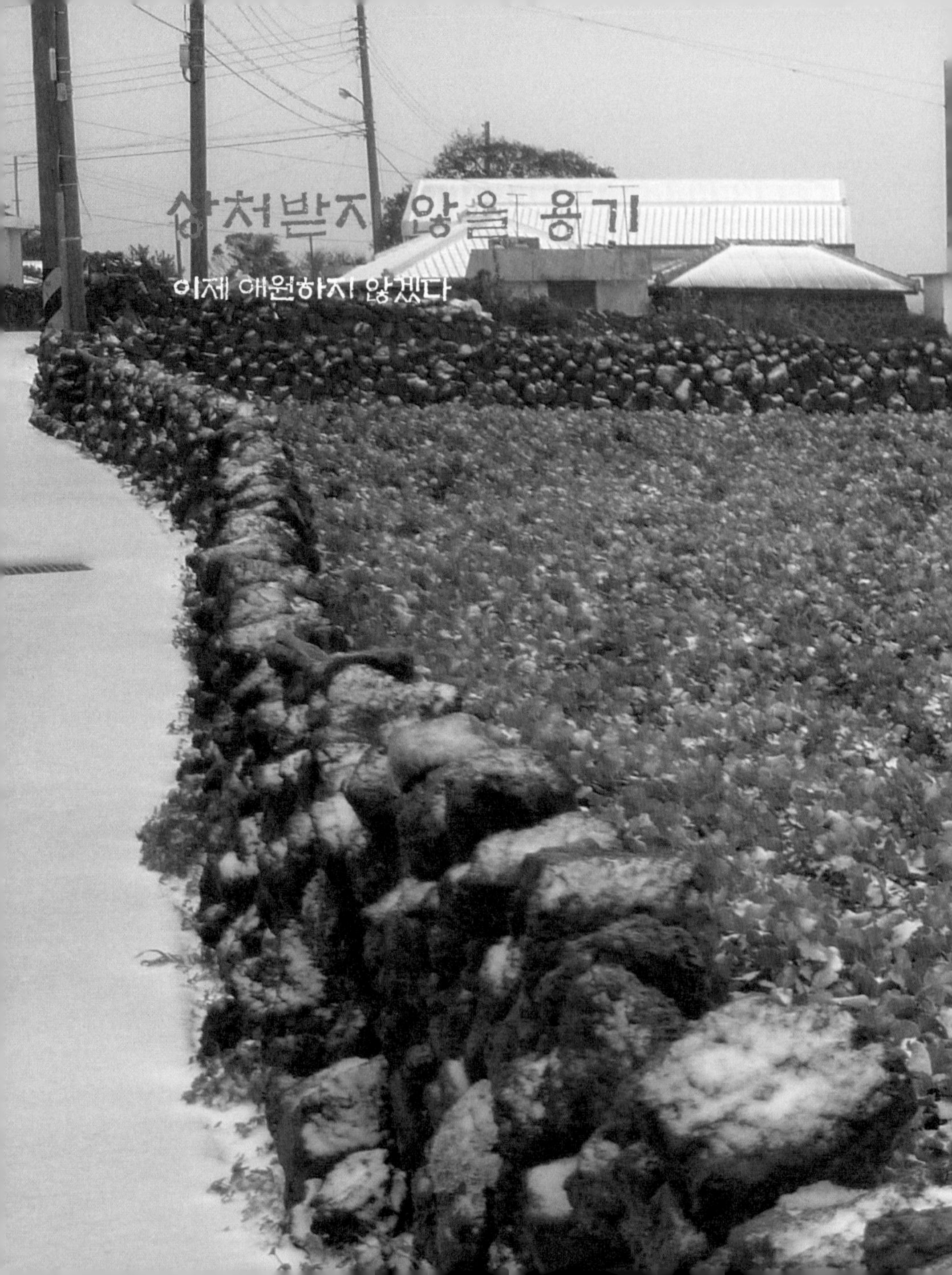

상처받지 않을 용기

이제 애원하지 않겠다

꼬물꼬물한 하늘에서 곧 비나 눈이 내릴 것만 같다. 길을 지나가는 할머니도 하늘이 심상치 않음을 감지하고 집으로 향한 발걸음을 재촉한다.

나는 습관처럼 창가에 앉아 비나 눈을 기다린다. 서둘러 걸어가는 할머니의 발걸음을 마음속으로 재촉하며.

언제 어떻게 변할지 모르는 제주의 날씨는 어린아이 같이 자주 변덕을 부려 예고 없이 비나 눈이 내린다.

'왠지 오늘은 비가 올 것 같은데…….'

막대한 국가 예산이 투입된 기상청 슈퍼컴퓨터보다 정확한 나의 예상대로 이내 굵은 빗줄기가 쏟아진다. 내 몸뚱이보다 수백 배는 비싼 슈퍼컴퓨터를 초월한 예지력에 감동하며 뜻밖의 선물을 받은 것처럼 기쁘다. 비가 내리면 번잡해지는 게 싫고 눈이 내리면 지저분해지는 게 싫었던 도시의 풍경과 달리 이곳 제주에서는 집에 앉아 창밖의 풍경을 바라보는 삶이 행복하다.

순간순간 숨이 막혔던 도시는 한결 같은 모습으로 기억된다. 콩나물시루처럼 사람들 머리만 둥둥 떠 있던 출퇴근 만원버스, 콩나물 대가리를 세우고 서서 허비했던 길 위의 시간들, 퇴근을 기약할 수 없었던 출근, 주말을 기약할 수 없었던 주일, 표정 없는 사람들, 그 속에 섞여 있던 나.

이 모든 것들과 상관없었던 제주에서 원하면 아무 때나 만날 수 있는 눈부신 풍경과 치열하지 않은 섬사람들의 삶의 방식에 동화된 생활이 도시에서의 숨막혔던 기억을 뒤덮어 버렸다.

도시의 기억을 덮어버린 제주의 특별함은 가끔 찾아오는 휴식으로만 치부했지 결코 행복에 기여하는 것은 아니라고 생각했었다. 도시에서부터 유지해 왔던 방어 자세를 풀지 못한 채로 "사람 사는 데가 다 똑같지, 제주라고 뭐 특별해?"라는 태도가 쿨해 보이는 거라 착각했었다. 작은 것에 쉽게 감동하는 건 세상을 깊이 있게 바라보지 못하는 가벼움으로 여겼다. 그러니까, 삶은 깊이 들여다보면 절망할 일이 더 많고, 세상은 그 속을 알수록 어둠이 더 많이 퍼져 있다는 냉소가 내 마음을 지배하고 있었던 것이다.

그러지 않을 거라 생각했던 제주에서조차 사람들의 다양한 모습에 지쳐버린 이유는 아마 나의 이런 태도 때문이었을 것이다. 작은 것들에 감동하지 않았던, 사람들과 소통하려고 하지 않았던, 인생의 변화를 바라면서도 '어디 가서 뭘 하나 인생 별다를 거 없다'는 그런 태도 말이다.

사람들과 마음을 단절하며 살아가는 것이 건강하지 않은 삶이라 생각하지 않았다. 타인을 상처주는 존재로 인식하고 방어막을 만들고 그것이 우리의 마음을 보호해주리라 생각했다. 실은 그 방어막은 작은 흠집에도 빵 터져 버리는 한껏 부푼 풍선이었다는 걸 몰랐다. 타인이 주는 자극으로부터 영원히 안전할 수 없는, 회피하고 경계할수록 계속 부풀어 오르는 그런 풍선이었음을.

타인에 대한 두려움이 있는 한 우리는 끝없이 상처받을 것이다. 따지고 보면 타인을 향한 과한 친절과 과한 배려는 우리에게 상처주지 말라는 애원 같은 것이었다. 그렇게 친절하고 배려했는데 우린 결국 상처받고 말았다는 자기 연민에 빠지는 것이었다.

더 이상 우리에게 상처주지 말라는 애원은 하지 않을 참이다. 어떤 흠집에도 터지지 않는 바람 빠진 풍선처럼 어떤 자극에도 상처받지 않기 위해 용기를 내보련다. 마음의 방어막을 제거해 보련다.

언젠가 돌아갈 너의 도시는

어쩌면 다시 시작

육지로 가는 길. 도시는 한 시간 정도의 짧은 비행으로 쉽게 닿을 수 있는 거리에 있지만 길은 바다를 가로질러 육지와 닿아 있지 않다. 자동차나 비행기나 땅에 발을 딛지 않고 이동할 수 있는 문명의 매체임은 똑같지만 자동차가 가는 길은 길이고 비행기가 가는 길은 길이 아니라 여겨진다. 비행기는 기후와 요일에 제약을 받기 때문이다.

섬이라는 곳은 예고 없이 그리워지는 가족을 향해 차를 몰아도 결국에 닿는 곳은 낭떠러지 앞이다. 그 아래에는 파도가 넘실댈 뿐이다. 바다를 가로질러 가족에게 가려면 항공권을 예매하고 주민등록증을 챙기고 기내 반입 불가품을 분류하고 검색대를 통과해 비행기를 타야 한다.

도저히 도시에서는 못 살겠다는 남편을 따라 제주에 정착하게 된 워니는 가끔 김포행 비행기에 몸을 실었다. 졸지에 이산가족이 되어 버린 친정 식구들을 만나기 위해서, 도시와 시골을 오가는 평범하지 않은 삶을 살고 있음을 친구들에게 과시하기 위해서, 언젠가 돌아가게 될 도시를 잊어버리지 않기 위해서.

만나야 할 사람도 많고, 먹어야 할 것도 많고, 봐야 할 것도 많은 워니는 도시를 오가며 답답한 섬 생활의 스트레스를 푸는 것 같았다. 워니에게 도시는 시골 생활에서 결핍되어 있는 대부분의 것들을 채워 주었다. 먹고 자고 보는 일차원적 욕구를 해소함은 물론이고, 거미줄처럼 모든 길이 닿아 있는 도시에서는 마음먹은 대로 어디든 달려갈 수 있었다. 익숙한 곳이 주는 안정감은 평소 그립고 쓸쓸하고 고립되어 있다는 느낌을 한순간에 걷어내 주었을 것이다.

화려한 도시의 무질서를 경험하고 오면 워니는 한껏 예민한 평소와 달리 며칠은 마음이 푸근해졌다. 도시의 혜택들을 혼자만 누리고 온 것이 미안한지 제주에서는 먹어볼 수 없는 휘황찬란한 도시 음식을 양손 가득 사오기도 하고, 백화점에서 싸게 샀다며 티셔츠를 내게 안겨주기도 했다.

스스로 섬에 갇혀 당최 육지로 나가볼 생각을 하지 않는 나에게 도시의 갖가지 소식들을 전해주기도 했다. 글쎄 강남대로가 금연거리가 됐다는 둥, 새로 개통한 분당선에서 환승하는 법을 몰라 미아가 될 뻔 했다는 둥, 친정 옆 동네에 새로 생긴 백화점이며 카페며 레스토랑이며…….

워니는 섬 생활을 힘들어했다. 그리운 도시를 마음에 품은 채 정 붙일 곳 하나 없이 살아가는 고립감 때문이었을 것이다. 워니에게 제주는 임시 거주지인 것 같아 보였다. 워니가 제주를 떠나자고 하면 따라나서야 하는 나 역시 이곳은 깊이 마음 주며 정 붙일 데 없는 불안정한 곳일 수밖에 없다. 거주지의 안정감이 결핍된 낯선 둥지라 여겼기에 우리는 사소한 일에 쉽게 상처받고 화를 내며 게스트하우스 일을 힘들어하고 있었던 건 아닐까?

도시로 돌아가고 싶어 하는 워니와 이 섬에 남길 바라는 내 마음 사이에서 나는 갈등한다. 나는 무슨 자격으로 워니를 억지로 이 섬으로 데리고 왔나? 워니는 무슨 죄로 이 섬으로 끌려왔나? 약속했던 이 년의 시간, 그 시간이 다 되면 이제 도시로 돌아가야겠다는 결심을 해야 할지도 모르겠다.

워니는 언젠가부터 서울에 가는 횟수가 줄어들었다. 친정 가족들과 시간을 보내고 올 뿐 다른 누구를 만나지도 않았다. 지쳐 보였고, 신나게 도시 소식을 전하지도 않았다. 뭔가에 빠져 혼란스러워하는 것 같았다.

TV에서 한강을 가로지르며 전철이 달리는 장면이 나오자 워니는 "나도 예전에 전철로 출퇴근할 때 저랬었나? 아무 표정도 없고, 몸만 흔들흔들……" 말 끝을 흐리며 창밖의 노을 지는 한라산을 멍하니 바라보았다.

어느 날, 집안 행사로 짧게 도시에 다녀온 워니는 지나가듯 말했다.

"있잖아. 내가 살던 곳이 맞을까 싶게 도시가 어색하더라. 사람들은 바쁘게 갈 길을 가고, 나만 혼자 나무에 몽우리가 올라오는지 하늘에 해가 어디에 있는지 찾아보면서 느릿느릿 가고 있더라. 버스 안에서 창밖을 내다보는데 빌딩만 있는 게 어색하고, 눈이 미친 것도 아닌데 빌딩 사이로 매일 보던 당근밭이나 삼나무 숲이 겹쳐 보이는 거야. 그러다 문득 겁이 났어. 도시가 내가 돌아올 곳이 아니게 되면 어쩌지? 도시가 낯설어지면 나는 어디에 마음을 둬야 해?"

제주에 마음을 두라고 거들 태세를 보이자 워니는 휙 돌아서며 말했다.

"그렇다고 해서 내가 완전히 여기에 맘을 붙였다고 섣불리 생각하지 마!"

매일 아침 한라산이 구름에 가려졌는지 얼굴을 내밀었는지 확인하는 워니는 손님을 맞고, 마당의 잡초를 뽑고, 바다로 산책을 가는 일상이 반복되었다.

워니는 그토록 살기 싫다던 제주가 익숙해진 걸까? 없는 살림에 이사 간 대치동의 있는 집 아이들 틈에서 주눅 든 채로 초등학교 시절을 버텨낸 잡초 같은 적응력으로 제주에 적응한 것일까? 언제나 감동 어린 밝은 표정을 짓고 사는 제주 이웃들과는 대조적인 도시인의 무표정이 갑자기 왜 그렇게 충격적이었을까? 반달 모양으로 지평선에 걸린 오름과 중산간 도로의 탁 트인 시야가 익숙해진 걸까? 언젠가 돌아가리라 그리워하던 너의 도시는 이제 무엇일까?

그렇게 떠나고 싶어 했던 제주가 너에겐 이제 무엇이지?

어느 날 워니는 말했다.

"근데 여기서 친해진 이웃들 말이야. 우리가 도시에서 뭘 하고 살았는지 별로 안 궁금해한다!"

굳이 "나 여기에 계속 살겠어"라고 말하지 않아도 워니가 제주에 마음을 붙였다고 확신하는 순간이었다. 공기도 좋고, 풍경도 아름답고, 여행객들의 감탄사가 여기저기서 들리는 제주가 아니라 마당에서 잡초를 뽑고 있는 자신을 평범하게 바라봐주는 그런 제주 말이다.

어떤 동네에 살았었고, 어떤 학교를 나왔고, 부모님은 평안하시며, 어떤 직업을 가졌었는지 굳이 묻지 않고 지내는 것은 나처럼 도시를 탈출해 제주에 정착한 사람들끼리의 무언의 약속일 것이다. 모두 다 그렇다고 말할 수는 없다. 하지만 계절에 따라 본능적으로 이동하는 철새들의 도래지처럼 제주는 배경이나 과거 따위 묻지 않는 사람들을 불러모으는 곳이 아닌지 생각해 본다.

서로 다른 이유로 제주에 살고 있지만 사람과 사람의 관계에서 안정을 찾은 건 우리 두 사람이 똑같아 보인다. 그래서 우리는 똑같은 이유로 제주에서 계속 살아갈 것이다.

EPILOGUE. 워니 이야기

내 가 원 했 던 보 통 의 삶

어느 날 일요일 아침, TV에서는 동물들의 이야기가 한창이었다. 동물원의 비버가 분란하게 나뭇가지를 날라 집을 짓고 있었다. 그리고 그 집이 거의 완성될 즈음 사육사가 나타나 한순간에 집을 무너뜨렸다. 집이 완성되면 현실에 안주해 아무것도 안 한다는 이유로 수많은 시간을 들인 비버의 집을 일 초 만에 날려 버린 것이다. 비버의 망연자실한 표정이 너무나 황당해 웃음이 나다가 한편 동물이나 사람이나 참 쉬운 게 없다는 생각에 아련하게 슬픔이 느껴졌다.

대한민국의 사람들은 대부분 비슷한 삶을 살아간다. 적절한 교육을 받아 취직을 하고 반려자를 만나고 아이를 낳고 집을 마련하기 위해 열심이다. 그 건조한 인생에 삶의 에너지인 희로애락이 들어 있다.

어릴 적 읽었던 동화 속 주인공처럼 '그 후로 오랫동안 행복하게 잘 살았습니다'는 동화이기에 가능하다는 걸 알면서도 내 삶 또한 영원히 행복했으면 하는 것이 보통 사람들의 바람일 것이다.

'보통'이라는 함정. 튀지 않는 성격을 가지고 원만하게 인간관계를 유지하며, 비슷한 재정 상태여야 유지되는 '보통'은 평범함과 연결되는 듯하다. 크게 바라는 것 없이 남들만큼만 평범하게 살고 싶었던 나의 바람은 너무 작은 꿈인 것 같아 위축되기도 했다.

생각만큼, 평범한 보통 사람으로 사는 건 쉽지 않았다.

제 주 는 여 행 지 였 을 뿐

언제부터 생활 속에 자리 잡았는지 모르지만 '스트레스'라는 말이 주위를 맴돌고 있다. 내가 아주 어릴 적에는 스트레스라는 말을 흔히 쓰지 않았다. 1980년대 초인지 언젠가부터 현대인의 큰 '화'나 '정신적 충격'을 미디어에서 '스트레스'라 표현해 왔다. 이전에는 스트레스를 받으면 화가 난다고 표현했을까? 아니면 스트레스의 원인을 구체적으로 설명했을지도 모르겠다. 지칭하는 말이 없다고 현상이 사라지는 것은 아니니 스트레스는 예전부터 있었을 것이다.

사람들은 스트레스를 풀기 위해서 무던히 노력한다. 술을 마시거나 노래방에서 소리를 지르고, 주말을 이용해 취미에 빠지거나 근교로 나들이를 가기도 하고, 틈틈이 모은 여윳돈으로 쇼핑을 하거나 여행을 가기도 한다.

나는 주로 십자수를 놓거나 패브릭 소품을 만들지만, 스트레스를 푸는 최고의 도구는 여행이다. 여행은 돈과 시간이 다 필요하기 때문에 자주 할 수 있는 것은 아니었다.

제주는 나에게 별다른 의미가 없는 곳이었다. 대한민국 남단의 큰 섬이며 최대 관광지로 여행갈 때나 관심 가는 곳이었다. 도시에서 자라 보금자리를 한번도 떠나지 않은 내 기준에 사람이 생활하는 곳은 당연히 도시였다. 대중교통이 발달하고 필요한 것을 언제든지 구할 수 있고 적절하게 인간관계를 유지하는 곳, 어지럽고 많은 일이 벌어지지만 이곳에서는 편하게 안주할 수 있었다. 도시를 벗어나는 일은 상상하지 않았다. 아마 먹고살 길이 막막해져도 도시에서 폐지 주울 생각을 하지 섬에서 다른 일을 하리라고는 예상치 못했다.

어느 날 남편이 제주에서 살고 싶다고 이야기했을 때, 차라리 같이 돈을 벌면 그 소리가 들어갈까 싶어 패브릭 소품을 이용한 사업장을 가져볼까 생각했다. 그리 도시 생활이 힘들면 같이 벌자, 열심히 살면 좋은 날이 오겠지 하고.

직장 생활을 10년 넘게 하면서 터득한 것은 아무리 좋은 직장도 2~3년에 한번씩 고비가 오고, 남편이 제주 타령을 하는 것은 그 고비일 거라 생각했다. 그렇게 눈치를 보며 몇 달을 지냈다. 제주라니, 남들은 스트레스를 풀러 가는 곳이 내 스트레스의 근원이 되고 있었다.

지금 생각해 보면 만약 그 고비를 넘기고 도시에 남았더라면 어땠을까? 어찌됐든 또 적응하고 살았을 것 같긴 하다. 사람은 다 적응하고 살더라.

이유는 단지 하나

언젠가 동창 모임에서 좋은 집안의 남자와 결혼하게 된 친구가 화제에 오른 일이 있다. 두 사람이 어떻게 만났는지, 친구의 배경은 어떤지, 시댁 분위기는 어떤지 다들 부러움 반 질투 반으로 열을 올릴 때 한 친구가 나에게 말했다.

"너도 그런 집에 시집가면 잘할 거 같은데."

잠시 생각을 하다가 고개를 저었다.

"글쎄, 난 하기 싫은 건 죽어도 하기 싫어서."

좋은 집안의 남자와 결혼하게 된 친구는 시댁을 위해 종교를 바꾸고 어르신들의 병수발도 들고 산다. 스스로 알아서 모든 것을 겸허히 받아들이고 결혼 생활을 하고 있다. 나는 어르신들을 위해 내킬 때 케이크를 굽거나 식사를 차려드릴 수는 있지만 억지로 종교를 가지거나 병수발은 할 수 없는 성격이다.

그래, 난 사랑하는 사람을 위해서 도시락을 싸줄 수는 있지만 그 도시락을 들고 짐을 싸서 잠시 멀리 떠나 살자고 하면 모든 걸 버리고 따라나설 수는 없는 사람이다. 이런 나를 알아줬으면 좋겠다. 내 반려자가.

"봐. 매일 마당에서 잔디에 물 줄 때 얼마나 기분이 좋은데."

"마음만 먹으면 바다를 볼 수 있어."

내가 마음을 정착하지 못하고 있으면 그는 이렇게 이야기를 하지만 그대로 받아들여지지 않는 내 마음은 복합적이다. 왜 그러냐고 물으면 이렇게 말하고 싶다. 난 당연히 도시에서 살 사람이었고, 그곳에서 평범하게 사는 데 최선을 다했고, 내가 원하지 않은 건 정말 싫은데, 내가 사랑하는 사람은 남편이고 남편이 가고 싶은 곳이 제주였기에 여기 왔다고 말이다.

다시 살아난 잡초 근성

그저 제주가 좋아서 이곳에 사는 사람에게는 비슷한 감성이 있다. 자연을 좋아하고 여행을 사랑하고 소소한 것에 감동하는 사람들이 대부분이다.

나처럼 타의에 의해 이주한 사람에게 제주는 잔인할 수도 있다. 내 의지가 아니었기에 사람도 풍경도 바람도 돌도 감동이 되지 못했다. 그래서 남들보다 좀 더 노력해야 했다. 자발적 이주자에게 제주가 어떤 의미인지 찾아야 했고, 억센 해녀 할망들의 인생사를 이해해야 이웃으로 존재할 수 있었다. 나도 제주

267

를 사랑한다며 슬쩍 넘겨도 되는데 고지식하게도 그게 되지 않았다. 나의 제주
도 남들처럼 아름다웠으면 하는 중에 적응의 시초는 엉뚱한 곳에서 터졌다.

2011년 겨울에 지금 살고 있는 제주의 아담한 돌집을 만났을 때 운명이라
생각했다. 처음 해 보는 리모델링 공사 과정에서 애정이 생기기도 했다. 특히
돌창고에서는 이 집에서 살았던 할머니의 유품과 같은 오래된 사진첩을 발견
했다. 이 자그마한 집에서 이루어진 많은 역사의 조각들을 모아놓은 것 같은
사진첩이 더없이 소중하게 여겨졌다. 그래서 우리는 옛집의 풍취를 최대한 살
리기 위해 많은 고민을 했다.

요래조래 꾸며진 집을 보고 보람을 느끼고 있을 즈음에 일이 터졌다. 우리에
게 집을 팔았던 할아버지가 반년 만에 뜬금없이 나타나 창고에 있던 항아리를
내놓으라고 으름장을 놓은 것이었다. 할아버지는 여기저기 뒤져보며 항아리가
많았는데 없어졌다, 창고는 왜 고쳤느냐며 다소 많이 월권행위를 하려 했다.
평소 내가 아는 어른들은 그저 인사드리고 모시고 대접하는 존재였기 때문에
주변 사람들이 보는 나의 예상 반응은 아무리 할아버지가 억지를 써도 죄송하
다 하고 항아리 값을 드리며 보냈을 거였다.

그런데 뭐였을까, 마치 섬에 내던져져 홀로 살아가야 할 여인네처럼, 물질하

는 해녀의 거친 숨비소리처럼 알 수 없는 힘에 끌려 목청을 높여 대항했다.

"항아리 손끝 하나 안 댔으니 가져가세요. 지금 안 가져가면 깨버릴 거예요. 보관료 받을까요? 어린 사람들이 고개 숙이니까 막 대해도 되는 줄 아세요?"

나 스스로도 믿기지 않고 앞으로는 그럴 일은 없을 것 같다. 결혼을 하고 서른 중반이 넘은 어른이지만 아직도 어른들의 가르침과 보호를 배경에 두고 살아왔다. 그런데 이곳에서는 아는 사람 없이 오로지 남편과 둘이서만 살아야 하기에 할아버지의 억지가 제주에서 날 떠미는 것처럼 느껴졌다. 그때 그 발악은 마치 필사적으로 해물탕에 떨어지지 않으려는 낙지 빨판 같았다.

내 평생 어른에게 대든 사실만으로 심장이 떨려서 울며불며 친정어머니에게 전화를 했는데 "내 딸이 이제 어른이 되었구나. 사람은 만날 착하게만 굴면 안 된단다. 이제 좀 걱정을 덜었다"고 한 건 의외의 반응이었다. 멀리 떨어져 사는 것보다 낯선 이에게 딸이 상처 입고 살까 봐 걱정했다는 걸 뒤늦게 깨달았다.

제주는 섬이라서 그런지는 몰라도 도시와는 다른 관점에서 벌어지는 일도 많고 이치에 안 맞는 사건들이 간혹 있었지만 그때마다 쉽게 무너지지 않는 신공을 펼치고 있다. 그래도 깍두기 조폭이나 거구의 뱃사람 아저씨가 나타나서 그런다면 난 다시 눈을 내리깔고 착한 모드가 될 간 작은 여인네이다.

어느덧 섬에 홀로 서다

학창 시절, 해가 바뀌고 새 학년으로 올라가 적응할 때가 되면 매 순간 긴장했다. 같은 학교에서 생활하고 오가며 얼굴을 마주쳤을 터지만 친구들과 어떻게 하면 친하게 지낼지, 어떻게 하면 선생님에게 잘 보일지 등교 때마다 고민을 했는데 결과는 천차만별이었다. 한없이 웃고 친절하게 굴면 칭찬을 받고 친구도 많았지만 그만큼 나설 일이 많아졌다. 어떤 친구와 친한지, 누구와 소풍을 갈지 하는 문제로 치이기 일쑤였다. 버거운 인간관계를 덜어보고자 다음 학년에는 말없이 지내면 어느새 외톨이가 되어 점심 먹을 친구조차 변변치 않았다. 어릴 때부터 인간관계는 적절한 선을 지키기 어려운 것이었다.

한때 제주에 마음 붙이기가 어려워 그 이유를 생각한 적이 있다. 아파트 생활에 익숙한 몸이 시골 생활이 불편해서인지, 친구들과 가족이 멀리 있어서인지, 너무나 습해서 축 처지는 기후 탓인지 생각하다가 다시 현실로 돌아왔다. 그 현실에는 이런 나를 걱정하는 제주에서 만난 낯선 사람들이 있었다.

우리가 정착할 때쯤 비슷한 시기에 이주한 이웃이 있는데, 나이도 비슷하고 말이 편한 사이인데도 좀처럼 가까워지지 않고 데면데면하는 친구였다. 제주 생활에 익숙해지고 조금씩 물들어 가던 어느 날 그녀와 편하게 제주 막걸리

270

한잔에 이런저런 얘기가 오가고 있을 때 그 친구가 말을 했다.

"사실 난 언니가 제주를 곧 떠날 줄 알았지."

제주에 마음을 정착한 사람들은 나같은 사람들을 보면 막연한 두려움 같은 게 보였을 것이다. 제주에 반해서 온 그들도 이 섬이 무작정 좋았을까?

초등학교 때 새 학년이 되면 두근거림과 두려움이 교차하는 마음과 비슷할 것 같다. 제주만 그런 것이 아니라 새로운 곳은 사람들이 말은 통하지만 생각이 다를 수도 있고 같은 하늘 아래이지만 환경은 다르기에 말이다.

제주가 좋아서 오든 다른 이유로 오든 간에 누구나 적응을 하고 살아야 한다. 내 의지로 오지 않았다는 이유로 내가 더 힘들다는 생각은 착각이었을까.

물론 섬은 당연히 아름다울 것이니 환경에 적응하기 위한 노력은 다른 곳보다 쉬울지도 모르겠다. 그래도 일단 도시의 버릇을 버리지 못하는 나는(물론 섬에 산다고 도시의 버릇을 버려야 한다는 생각을 가지고 있지도 않다) 의식주가 먼저 해결된 다음에야 비정상적일 정도로 푸른 하늘과 연둣빛 바다가 눈에 들어왔다. 순서로 따지자면 내가 섬에 삶을 내려놓기 시작하면서 서서히 자연에 적응을 하게 되었고, 드디어 제주의 모든 것들이 눈에 들어왔다.

처음에는 누군가 '저 하늘 좀 봐, 너무 좋지 않니?'라고 하면 그냥 바라보았고, 어느 날 누가 '저 하늘 좀 봐'라고 하면 '오!' 조금 감탄을 했고, 일 년여가 지난 어느 날 또 누군가가 '저 하늘 좀 봐'라고 하면 '와, 오늘은 철새도래지에 가서 바다 좀 봐야겠네'라는 조금씩 변한 내가 있었다.

항상 그랬듯이 똑같은 장소에서의 삶은 시간이 지나면 무료해지는 시기가 온다. 어느 날 남편이 지나가듯 말했다.

"제주에 사람이 너무 많아진다. 지리산 아래나 남해의 섬에 들어가서 살까?"

2년여가 다 되어서야 제주에 적응하고 있는데 또 보금자리를 옮기고 싶어하다니 지나는 농담일지언정 울컥한다. 그렇지만 이내 진정하고 웃고 말았다.

지겨우리만치 매일 같이 지내면서도 이 낯선 땅에 정을 붙였던 서로의 시간과 공간이 무척 다르다. 그걸 깨닫게 되면서 나는 내 의지로 살아야 하고, 좋은 것과 나쁜 것 모두 내 몫임을 마음에 새기게 되었다.

그의 말에 아무런 대꾸도 하지 않은 이유는 이제는 정말 진심으로 '노'라고 대답할 내 의지로 살고 있는 나를 알기 때문이다. 착하거나, 까칠하거나, 말주변이 없거나, 바람처럼 살아도 그게 너라면 괜찮겠다.

그냥, 나도 그럴 테니까.